陈思和
黄玉峰
主编

少年读中国文学经典

①

从神话到唐诗

四川人民出版社

图书在版编目（CIP）数据

少年读中国文学经典. 1，从神话到唐诗 / 陈思和，黄玉峰主编. —成都：四川人民出版社，2025.6

ISBN 978－7－220－12647－5

Ⅰ. ①少… Ⅱ. ①陈… ②黄… Ⅲ. ①中国文学－古典文学－文学欣赏－青少年读物 Ⅳ. ①I206.2－49

中国版本图书馆 CIP 数据核字（2022）第 090627 号

SHAONIAN DU ZHONGGUO WENXUE JINGDIAN 1：CONG SHENHUA DAO TANGSHI

少年读中国文学经典 1：从神话到唐诗

陈思和　黄玉峰　主编

出 版 人	黄立新
责任编辑	李淑云　朱雯馨
装帧设计	李其飞
责任校对	舒晓利　申婷婷
责任印制	周　奇
出版发行	四川人民出版社（成都三色路 238 号）
网　　址	http://www.scpph.com
E-mail	scrmcbs@sina.com
新浪微博	@四川人民出版社
微信公众号	四川人民出版社
发行部业务电话	（028）86361653　86361656
防盗版举报电话	（028）86361661
照　　排	四川胜翔数码印务设计有限公司
印　　刷	成都勤德印务有限公司
成品尺寸	170mm×240mm
印　　张	16.75
字　　数	220 千
版　　次	2025 年 6 月第 1 版
印　　次	2025 年 6 月第 1 次印刷
书　　号	ISBN 978－7－220－12647－5
定　　价	68.00 元

中学生为什么要学习文学？

陈思和

记得很久以前，读过一本书，是关于法国作家雨果的传记，书里面有一句话的意思至今还在我的脑子里盘旋。法国作家雨果从小深受贵族母亲的保皇派思想影响，但其作为共和派军人的父亲却说，男孩在少年时代多受母亲的影响，但成年以后就以父亲的影响为骄傲了。——原话是记不清了，大致的意思是不错的。虽然我现在已经过了花甲之年，但还能时时回忆起当初诵读这句话时的感受，因为它印证了自己在成长历程中曾经有过的类似的经验。

放开去说吧，也许我所要说的意思与雨果所表达的风马牛不相及——我说人的生命，总是在童年时代的母亲的体温、乳汁和柔和的催眠声中一点点成长起来，那时候婴儿刚刚脱离母体不久，本能地亲近母亲的身体，这是一个生命与另一个生命的施恩与感念、呵护与依偎、心灵感动与熟悉记忆的信息交流关系，这不仅仅是最初的生命教育，也是最初的文学教育，通过生命与生命之间的感应、启悟、教育而达到一种浑然提升的境界。然而，到了男孩长大成人，血气方刚，面对社会与人生，充满了迷茫和好奇心的时候，他最需要的是来自父亲的男性的鼓励和智慧，需要激发起面对人生的勇气和能力，需要来自有丰富社会阅历和社会经验的人的精神指导，这是一种来自社会战场上生死搏斗中的战士襟怀和临场发挥。后一种教育是社会的教育、素质的教育以及技能的教育。如果说，母亲用生命唤起你做人的自觉，还是一种与生俱来的能力，那么父亲帮助你成为一个成功的社会人，则是后天的学习所致。这样的教育双全的孩子，一般来说才是健全的孩子。然而在两者之间，前者是更为本质的关爱，后者是更为有用的培养。

也许每位中学生都在经历着这两种教育交替的过程，他们正在迅速长大成人，认识世界，他们的身心极需要父亲式的教育，引导他们赶快成熟起来，进入社会；而母亲的关爱和作用，渐渐地被淡化。——说到这里，读者当然明白了我所说的雨果的故事仅仅是一个比喻。这个比喻针对当下社会的某种教育状况提出了问题，即在社会行业竞争越来越激烈，科学技术越来越发达，功利主义、实用主义潮流导致成功标准越来越单调划一的大趋势下，文学教育究竟承担了何种作用？作为以弘扬本民族的语言文学为宗旨的学科，作为以美育代宗教的人文教育传统的象征，文学，原来无可争辩地占据着民族教育的中心位置。但是在现代的竞争机制下，文学教育越来越被视为那些实用学科的陪衬物，如果不是每年高考坚持将语文作为重要考试科目的话，很可能它在中学教育中的位置会江河日下，惨不忍睹。

中学生走进社会一定是带了自身的教育背景的。在现阶段的社会发展趋势下，各种连接着全球经济的自然科学与实用型的社会科学知识都是比较吸引人们的眼球的，我把这一类专业教育视为父亲式的教育，这是每个青少年都迫切需要的教育；而人文教育、素质教育（在中学里主要是通过文学教育来体现的），是关涉人之为人的理念的灌输和教育，它并不教给学生具体的谋生技能，但它使接受教育者视野更加开阔，心理更加健全，感情更加丰富，对自我的认识更加清晰。我把这样的一种教育称为母亲式的教育，它是更为根本性的教育。虽然，每年从中学毕业的学生中间真正去从事中文专业或者其他人文专业学习的人并不多，但由于这种教育关涉人性的培养，不仅仅以专业育人，因此对每一个不同专业的学生来说，也都是有意义和必要的一种普通教育，换句话说，人文教育应该成为中国高等教育必修的一门基础课程。

中国是个拥有伟大文学传统的国家。在古代，国家意识形态的教育是通过文学媒介传达给接受教育者的，所以中国的文学内涵极为丰富。五四运动以来，西方的新思想新文化传入中国，以“人”为叙事核心的西方文学引起了中国读者的关注，并产生了深远的影响，从此中国的现代文学创作有了强烈的西方文学的精神因子。二十世纪的中国学生大都是在中西方文学名著的传统下接受教育并认识人生的。即使在全球性的日本动漫、电脑游戏、传媒明星泛滥成灾的当下文化生活中，儿童出版物里占有极大优势的读物，仍然是中外文学名著的普及本。因此，中国儿童的学龄前教育和小学阶段教育都不缺乏初步的文学教育，他们的幼小心灵中已经及时播下了爱和美的文学种子，它是会发芽开花的。但问题是目前中学阶段的教育，强势的高考压力和社会竞争意识使中学教育不得不全力以赴来对付考试，而文学审美能力的培养不得不被忽视。这样的话，就像雨果先生所说的，孩子所受的来自父亲的影响就会一天比一天地多起来。这当然是为适应社会竞争而不得不采取的教育策略，但问题在于，是否在父亲式的教育加强了以后，就可以无视或放弃母亲式的人文的教育呢？幸而最近几年全国中学语文新课标已制订并在进行推广，以文学审美能力培养为主要教学目的的教材也正在逐渐尝试。这样的努力，也可以说是重新感受母体温暖的努力吧。在这一点上，雨果可能也是太自信了，也太低估了母亲对孩子的作用吧。

出于这样的需要和理念，我和黄玉峰先生主编了一套中学文学读本（中国文学部分）。这套读本的最初设想是以二十世纪五十年代教育部编订的高中文学教材（四册）为蓝本的，那是一套我至今还认为非常好的文学读本。我们现在的编撰构思依然是以文学史为主要线索。我们的目标是，通过阅读和教学这套文学读本，使中学生大致能了解中国文学的发展变化线索及其审美特点，大致能了解伟大的文学传统如何像一条河流，从远古绵绵不断地流传下来，再从我们这一代的生命中流淌过去。

中学文学教育里必然包含着语文知识的教育，两者并不矛盾。而且优秀文学作品是学习语文知识的最好教材。瑞典著名汉学家、诺贝尔文学奖的评委马悦然先生在复旦大学演讲和开座谈会时，一位从事对外汉语教学的老师向他提问：在教外国人汉语的教材里，是否应该放入优秀的汉语文学作品？马悦然先生迫不及待地高声回答：越早越好！越早越好！马悦然先生长期从事汉语教学，他这么回答实在是出于经验之谈。因此，对于中学的语文教学来说，文学审美能力的培养以至于整个人文教育，都应该是如马先生所说的：越早越好！越早越好！

大量阅读经典，教育回归传统

黄玉峰

传承和创新本不该对立，也没必要刻意区分孰主孰从。

苏东坡说："博观而约取，厚积而薄发。"博观、约取、厚积就是传承，薄发才是创新。

怀特海说："在中小学阶段应埋头读书，到大学里，才站起来瞭望。"

严复曰："非新无以为进，非旧无以为守。"

孔子说得更明白："温故而知新，可以为师矣。"故即是传统，新就是创新。温故就是了解和学习传统，知新就是创造新的事物。

传承和创新谁也离不开谁。

屠呦呦提炼出青蒿素，她的灵感是从中医典籍中来的，但研究的方法和实验的技术是现代的。

苹果手机、苹果电脑，可以说是时尚。乔布斯有段时间一直在钻研书法，研究字母的线条要怎么排列才漂亮。这些东西和计算机没有任何关系。但十年后，在设计第一台苹果电脑时，他把苹果电脑做成了当时世界上文本排版最精致的电脑，就是靠了传统。

金庸的小说，可以说是时尚。金庸读过很多西方小说，他写小说骨架学的是法国作家大仲马，而血肉却饱含着最最醇正的中国文化，全是章回体，叫人欲罢不能。秘诀何在？就在人文经典的融会贯通。

苟日新，日日新，又日新。没有创新，人类必定会停滞、萎缩。但一切创新都是以传承为基础的。

庄子曰："水之积也不厚，则其负大舟也无力；风之积也不厚，则其负大翼也无力。"没有传承的创新，是无源之水，无本之木。

传承与创新，人文与时尚，道通而为一，并行而不悖。并无主从之分，但有先后之序。

譬如建大厦首先必须打基础。

教育的本质是什么？教育的基础是什么？是前人传递下来的文化，是做人的基本原则。教育教育，教育首先是为了育人！

"古之学者为己，今之学者为人"，"行有余力，则以学文"。

教育的目的是为了养成君子，教育是"成己之学"。这是中国教育的一个优良传统。打下做人的基础，发掘内心的良知，这是教育的最基础的东西。而这一切都应该在中小学阶段完成。

童蒙时期，心智未开，缺乏分析判断能力，但记忆力极强，故最要紧的是大量吸收前人的成果，在此基础上发展创新。于是，基本的教育模式应该是：教师为主导，学生为主体，也就是梅贻琦说的大鱼在前面游，小鱼在后面跟。换言之，就是让学生在教师的指导下，自己读书，读书，读书，再读书！

记忆力需要锻炼，经过锻炼的记忆力，可达到惊人的程度。毫无疑问，分析、判断、创造能力，也需要锻炼，但一定是在积累了大量知识的基础上。

这是最古老、最根本的方法，也是最先进、最时尚的方法。授课最主要的形式应该是最朴素的讲授法。

我们当然要重视创新意识的培养，但在基础教育阶段，对创新精神的培养应该是融入和贯穿在传承积累、涵泳为主的学习中的。我们鼓励学生在学习过程中独立思考，进行课外拓展，这都是在培养创新的种子。但切不可为了追逐创新成果。

基础教育阶段要以传承为主，为了将来的运用，并由博返约，在良好的人文素养基础之上，才有能力实现有质量的研究和创造。否则，所谓创新，会陷入空谈。

有的老师把语文切割成各种知识点，把学语文异化为搞懂这些知识点。当年还有人发明了所谓知识树，仿佛学到了这些知识点，就学好了语文。殊不知，所谓的知识点，并不是语文本身，而是帮助学习语文、理解语文的手段，是非语文，是伪语文，甚至是反语文的。

语文的本质，是通过阅读提高阅读能力、表达能力、思考能力，从而积累语文素材，陶冶性灵，培养气质，绝不是掌握几个知识点，熟练答题的技巧。

法国教育家阿兰说过："怎样学语言？向大作家学，别无他途，向最严密、最丰富、最深刻的语句中去学，而不学那会话课本的平庸语句。"大量地阅读，阅读原著，并且记忆之、运用之，正是学语文最快也是最有效的方法。中国语文教学有优良的传统，“熟读唐诗三百首，不会作诗也会吟”“劳于读书，逸于作文”等，这些记忆，在发挥运用思考中得到不断巩固，这是一个良性的循环。在学与思中，用前人思想的财富陶冶充实自己，让自己成为一个完善的人，最终得到一种生命的幸福感。

目录

少 年 读 中 国 文 学 经 典 1
从 神 话 到 唐 诗

一 古代神话

二 《诗经》中的民歌

三　先秦寓言和成语故事

四　孔子与《论语》

五　先秦史传

六　屈原与楚辞

七　汉代乐府诗和古诗

八　《史记》中的故事

九　魏晋南北朝诗

十　魏晋南北朝文

十一　浩荡阔达的唐诗

十二　唐代散文和骈文

十三　唐五代词

一

古代神话

GUDAI SHENHUA

神话是人类最早的口头文学，每个民族的祖先都会向宇宙发出共同的疑问：这天、这地、这山、这水、这日、这月……到底是怎样形成的？他们凭借自己的大胆想象，做出最原始的回答，这就形成了代代相传的神话故事。

欣赏这些神话，可以发现我们祖先的聪明和才智，还有他们顽强不屈、勇于抗争的精神，这也就形成了我们中华民族的优秀传统。我们还可以从这些简洁的文字里发现他们叙事和描写的能力。当然，这些文字一定是经过后来人加工的，但这些加工的“后来人”也距离我们两三千年了。

精卫填海

发鸠之山①，其上多柘木②。有鸟焉，其状如乌，文首③，白喙④，赤足，名曰“精卫”，其鸣自詨⑤。是炎帝之少女⑥，名曰“女娃”。女娃游于东海，溺而不返，故为精卫。常衔西山之木石，以堙⑦于东海。（《山海经·北山经》）

【注释】

①发鸠之山：山名。旧说在山西长子县西。

②柘（zhè）木：柘树，桑树的一种。

③文首：头上有花纹。

④喙（huì）：鸟嘴。

⑤其鸣自詨（xiào）：这种鸟的叫声是自己呼叫自己的名字。詨，呼叫。

⑥炎帝之少女：神农氏的小女儿。

⑦堙（yīn）：填塞。

品　鉴

《精卫填海》描写了精卫鸟百折不回的毅力和意志，反映了古代人民征服自然的愿望。

夸父逐日

夸父[1]与日逐走，入日。渴，欲得饮，饮于河、渭[2]；河、渭不足，北饮大泽。未至，道渴而死。弃其杖，化为邓林[3]。（《山海经·海外北经》）

【注释】

①夸父：中国古代神话传说中的巨人。

②河、渭：黄河和渭河。

③邓林：桃林。

品　鉴

《夸父逐日》这则神话反映出古人对炎热和干旱的恐惧，以及对勇于探索大自然奥秘的不倦努力和牺牲精神的称赞。也有人认为"夸父逐日"实际上是中华民族历史上一次长距离的部族迁徙，是一次很有胆略的探险。

鲧禹治水

洪水滔天，鲧[①]窃帝[②]之息壤[③]以堙洪水，不待帝命。帝令祝融[④]杀鲧于羽郊[⑤]。鲧复[⑥]生禹，帝乃命禹卒[⑦]布土[⑧]以定九州。（《山海经·海内经》）

【注释】

①鲧（gǔn）：人名，禹的父亲。

②帝：天帝。

③息壤：一种能够生长不息的神土。

④祝融：火神。

⑤羽郊：据近人考订即委羽山之郊。在北极之阴，不见太阳。

⑥复：通“腹”。鲧死三年，尸体不腐，有人刀剖鲧腹，禹乃降生。

⑦卒：最终。

⑧布土：铺填土壤。土，指息壤。

品 鉴

《鲧禹治水》的神话反映了人类为战胜自然灾害而进行的艰苦斗争，颂扬了征服水患、为民兴利除害的英雄，表现了人民对鲧禹治水精神的敬仰。

女娲补天

往古之时，四极废[①]，九州裂[②]，天不兼覆，地不周载[③]；火爁炎[④]而不灭，水浩洋而不息；猛兽食颛民[⑤]，鸷鸟攫[⑥]老弱。于是女娲炼五色石以补苍天，断鳌足以立四极，杀黑龙以济冀州[⑦]，积芦灰以止淫水[⑧]。苍天补，四极正；淫水涸[⑨]，冀州平；狡虫[⑩]死，颛民生。（《淮南子·览冥训》）

【注释】

①四极：天的四面尽头称为“四极”。古人认为天由四方的柱子支撑。废：柱倒天塌。

②九州：指中国的版图。裂：土地崩裂。

③兼覆：完全覆盖。周载：全部容载。

④爁（làn）炎（yàn）：大火延烧貌。

⑤颛（zhuān）民：善良的人民。

⑥鸷鸟：恶禽。攫（jué）：用爪抓取。

⑦济：拯救。冀州：位于九州之中，古中原地区。

⑧淫水：泛滥的洪水。

⑨涸（hé）：干枯。

⑩狡虫：指猛兽鸷鸟。

品 鉴

《女娲补天》的神话反映了中国古代劳动人民战胜自然灾害、征服自然的理想，表现了中华民族的祖先改天换地的雄伟气魄和大无畏的斗争精神。

共工怒触不周之山

共工氏与颛顼[1]争为帝，怒而触不周之山[2]，折天柱，绝地维[3]。故天倾西北，日月星辰就焉[4]；地不满东南，故百川水潦[5]归焉。（《列子·汤问篇》）

【注释】

①共工：一个兴风作浪的水神，人面蛇身。颛顼（xū）：黄帝的孙子。号高阳氏。《史记·五帝本纪》列为五帝之一。

②不周之山：传说此山有缺口而不合，所以名“不周”。《水经注》说不周山即今之昆仑山脉。

③地维：维系大地的大绳。

④就焉：指日月星辰凑近西北。

⑤潦（lǎo）：积水。

品　鉴

日月星辰东升西落，中国地势西高东低，《共工怒触不周之山》的神话体现了远古先民对天体和地势的一种观察、感悟，反映了古代人民对于自然现象的思考和想象。

后羿射日

逮至[1]尧之时，十日并出，焦禾稼，杀草木[2]，而民无所食。猰貐[3]、凿齿[4]、九婴[5]、大风[6]、封豨[7]、修蛇[8]，皆为民害。尧乃使羿诛凿齿于畴华之野[9]，杀九婴于凶水[10]之上，缴大风于青丘之泽[11]，上射十日而下杀猰貐，断修蛇于洞庭，禽封豨于桑林[12]。万民皆喜，置[13]尧以为天子。（《淮南子·本经训》）

【注释】

①逮至：待到。

②杀草木：使草木枯死。

③猰貐（yà yǔ）：一种丑恶可怕的吃人野兽。

④凿齿：齿状如凿的怪兽。

⑤九婴：九头的水火之怪。

⑥大风：凶猛的大鸟。

⑦封豨（xī）：大野猪。

⑧修蛇：长蛇。

⑨畴华之野：南方泽名。

⑩凶水：据说在北狄之地。

⑪缴（zhuó）：用带绳的箭射物。青丘之泽：东方的大泽名。

⑫桑林：地名。相传商汤曾在此祈雨。

⑬置：这里是拥立的意思。

品 鉴

《后羿射日》的故事一方面反映了人类祖先生存环境的险恶，以及他们为开拓家园所付出的艰辛，提示我们应当倍加珍惜如今的美好时代；另一方面也反映了民众对一个圣贤君主的期待。

二

《诗经》中的民歌

SHIJING ZHONG DE MINGE

《诗经》是中国第一部诗歌总集，收集了从西周初年到春秋中叶大约五百多年的诗歌三〇五篇，分为《风》《雅》《颂》三个部分。《风》是带有地方色彩的民歌；《雅》是周王朝直接统治地区的乐歌，多为宫廷宴享或朝会时的乐歌，又分为《小雅》和《大雅》；《颂》则是用于宗庙祭祀的乐歌。这里所选的几首，皆是当时的民歌。

《诗经》以四字句为主，多采用重章叠句的结构形式，尤其是各国的地方民歌《国风》，语言十分清新质朴，许多诗现在读起来还朗朗上口，许多名句已化为我们常用的成语。

桃夭

《周南》

◎题解

“桃夭”出自诗歌第一句“桃之夭夭”。这是一首祝贺年轻姑娘出嫁的歌曲，诗中表达了对那位姑娘衷心的赞美和祝福。在每一章的开头，都以“桃之夭夭”比兴。按照时间顺序，描述桃花从火一般的盛开到硕果累累、枝繁叶茂的过程。同时也是在比喻，出嫁少女的光艳照人，出嫁后使夫家人丁兴旺、和美幸福。

桃之夭夭①，灼灼其华②。
之子于归③，宜其室家④。
桃之夭夭，有蕡其实⑤。
之子于归，宜其家室。
桃之夭夭，其叶蓁蓁⑥。
之子于归，宜其家人。

【注释】

①夭夭：茂盛艳丽的样子。

②灼灼：色彩鲜明貌。华：同“花”。

③之子：这位姑娘。归：出嫁。

④宜：和顺、亲善。室家：家庭。此指夫家，下文的“家室”“家人”均指夫家。

⑤有蕡（fén）其实：果实长得很大。蕡，大的样子。

⑥蓁蓁：叶子繁盛的样子。

品 鉴

你一定读过崔护的《题都城南庄》，那幅“人面桃花相映红”的绚丽图画一定深深感染过你吧？以桃花喻少女自古有之，其首创者可能就是这首《桃夭》了。用娇艳欲滴的桃花来比喻娇羞美丽的新娘，可谓形象贴切。

读了此诗，还让人发现一个有趣的现象，就是对一个新婚女子的祝福，千百年来很少变化。原始部族的婚姻观念是实际而直接的，即为延续后代，使种族能强大下去。因此，这首诗重章叠句，反复祝福女子能使家庭兴旺繁盛。从古代后妃的椒房，到近代新婚时人们依然祝福新人“早生贵子”“多子多福”的习惯，无不是这种风俗和思想观念的遗响。

静女

《邶风》

◎ 题解

这首诗选自《国风·邶风》。邶（bèi），国名，周武王封纣王之子武庚于此，后来并入卫国，在今河南淇县以北至汤阴县一带。《邶风》便是这一地区的民歌。这首诗写青年男女的约会，非常真切细腻。

静女其姝①，俟我于城隅②。
爱③而不见，搔首踟蹰④。
静女其娈⑤，贻我彤管⑥。
彤管有炜⑦，说怿⑧女美。
自牧归荑⑨，洵美⑩且异。
匪⑪女之为美，美人之贻。

【注释】

①静女其姝（shū）：娴雅美丽的女子。

②俟（sì）我于城隅：在城边等我。

③爱：通“薆”，隐蔽。

④踟蹰（chí chú）：徘徊不定。

⑤娈（luán）：娇美。

⑥彤管：红管。可能是红管的笔或者红色的箫、笛等管乐器。

⑦炜：鲜丽。

⑧说怿（yuè yì）：即“悦怿”，欢悦喜爱。

⑨自牧归荑（tí）：从郊外归来，送我嫩草。归，通“馈”。

⑩洵美：确实美丽。

⑪匪：非。

品鉴

这首情歌写得既深情款款，又不失活泼风趣。从女子的角度看，送一支红管的笔或乐器给情人，已经颇为风雅，又大老远地跑到郊外为情郎采摘初生的茅草，就更难能可贵。何处没有茅草？墙角路边所在皆是；何种茅草不能采摘，何必非初生的茅草不可？只因她用心良苦：田野的茅草最清新，初生的茅草最有生机。这小小的茅草啊，正代表了她对爱情的美好期望。这样的女子、这样的感情能不让人珍惜、怜爱吗？难怪男子“搔首踟蹰”，难怪自然界中一株再普通不过的茅草在他的眼里也会焕发出异样的光彩，真是爱屋及乌啊！

木瓜

《卫风》

⊙ 题解

这首诗选自《国风·卫风》。卫，国名。周武王封其弟康叔于此，在今河南北部及河北南部。《卫风》是卫国的民歌。这首诗写情人相互赠答以示爱意。

投①我以木瓜②，报之以琼琚③。
匪④报⑤也，永以为好⑥也！
投我以木桃⑦，报之以琼瑶。
匪报也，永以为好也！
投我以木李⑧，报之以琼玖。
匪报也，永以为好也！

【注释】

①投：投赠。

②木瓜：一种落叶灌木，其果实形状呈椭圆形。味美，可食用。

③琼琚：可以佩戴的美玉。下文“琼瑶”“琼玖”同义。

④匪：非。

⑤报：报答。

⑥好：友好，相亲相爱。

⑦木桃：桃子。

⑧木李：李子。

品　鉴

你有没有思考过诗中是谁投谁报呢?《红楼梦》第六十四回，写贾琏向尤二姐讨槟榔，讨到后，又把自己的汉玉九龙佩给尤二姐，便是用《木瓜》中“投报”的意思。由此可见，是女子投赠果子，男子报以佩玉。

后来，有不少人对这首诗作了更为宽泛的理解，言及人与人之间的友谊和感情。每一章的最后两句重复“匪报也，永以为好也”，很有深意。回赠的东西在价值上远远高于赠予物，如此做不是为了报答对方，而是表示自己对对方情谊的理解和珍视，表达两人永远相亲相爱的愿望。

黍离

《王风》

题解

这首诗选自《国风·王风》。周平王迁都洛邑，是为东周，领土在今洛阳一带。东周境内的诗歌就叫作《王风》。《毛诗序》中说：“《黍离》，悯宗周也。周大夫行役，至于宗周，过故宗庙宫室，尽为禾黍。悯周室之颠覆，彷徨不忍去，而作是诗也。”即周大夫经过旧都时见宫室尽毁，到处荒凉，禾黍处处，伤感之下而作悲悼之歌。诗用复沓手法描写自己的悯宗周之情，充满了感时伤乱之情和故国之思。

彼黍离离①，彼稷②之苗。行迈靡靡③，中心摇摇④。知我者，谓我心忧；不知我者，谓我何求。悠悠苍天，此何人哉？

彼黍离离，彼稷之穗。行迈靡靡，中心如醉。知我者，谓我心忧；不知我者，谓我何求。悠悠苍天，此何人哉？

彼黍离离，彼稷之实。行迈靡靡，中心如噎⑤。知我者，谓我心忧；不知我者，谓我何求。悠悠苍天，此何人哉？

【注释】

①黍（shǔ）：北方的一种农作物，形似小米，有黏性。离离：成排成行的样子。

②稷（jì）：古代的一种粮食作物，指粟或黍属。又说为高粱。

③行（háng）：道。迈：行走。靡靡：缓慢的样子。

④摇摇：心神不定的样子。

⑤噎：气逆不能呼吸。

品 鉴

有一种愁苦叫“黍离之悲”。凡爱读古诗词之人，想必都读过这般苦涩的诗句。

今非昔比的沧桑巨变，颠沛流离的个人遭遇，诗人心中忧愤交集无法告知他人，只有诉于苍天，向悠悠苍天发出呼告！在诗三百中，《黍离》可以说是最为深沉悲怆的了。

宋代姜夔经过兵荒马乱中的扬州，写下《扬州慢》：“过春风十里，尽荠麦青青。自胡马窥江去后，废池乔木，犹厌言兵。渐黄昏，清角吹寒，都在空城。”千岩老人认为这首诗里就有“黍离之悲”。

三

先秦寓言和成语故事

XIANQIN YUYAN HE CHENGYU GUSHI

在春秋战国时代，涌现了许多哲人才士，他们把自己的智慧和才华凝结在自己的言论和文字之中，或者互相辩难，或者去说服和打动统治者，从而形成了“百家争鸣”的局面。在这些思想家的著作中，为了增强说服力，作者往往用到许多精彩的寓言故事，还有不少妙言隽语。后人将这些寓言和成语一代代沿用下来，就成了我们民族文化的共同财富。

南辕北辙[1]

魏王欲攻邯郸[2]，季梁[3]闻之，中道而反[4]，衣焦[5]不申[6]，头尘不浴[7]，往见王曰："今者臣来，见人于大行[8]，方北面而持其驾[9]，告臣曰：'我欲之楚。'臣曰：'君之楚，将奚为[10]北面?'曰：'吾马良。'臣曰：'马虽良，此非楚之路也[11]。'曰：'吾用[12]多。'臣曰：'用虽多，此非楚之路也。'曰：'吾御者善[13]。'此数者愈善，而离楚愈远耳。今王动[14]欲成霸王，举欲信[15]于天下；恃王国之大，兵之精锐，而攻邯郸，以广地尊名[16]。王之动愈数，而离王愈远耳[17]，犹至楚而北行也。"

【注释】

①选自《战国策·魏策四》。

②邯郸：赵国的都城。

③季梁：魏国的官员。

④中道：中途，半路上。反：同"返"。

⑤焦：皱缩。

⑥申：同"伸"，伸展。

⑦头尘不浴：头上的灰尘还来不及洗去。

⑧大行：大道。

⑨持其驾：用手持着缰绳，驾着马车。

⑩奚（xī）为：为何，为什么。

⑪此非楚之路也：这不是去楚国的路啊。

⑫用：路上用的资费。

⑬善：本领好。

⑭动：举动。

⑮信：取信。

⑯广地尊名：扩张领地，提高声望。

⑰王之动愈数，而离王愈远耳：此处指依仗国大、兵强等条件去进攻别人的次数越多，离所要达到的目的（王霸天下）却越远了。

品 鉴

南辕北辙原指想要往南走的车子偏要往北行，比喻行动和目的相反，结果离目标越来越远。季梁为了打动魏王，用“南辕北辙”的故事，形象地说明了魏王的行动与自己的目的背离的道理。南辕北辙还引申出另一个意思相近的成语——背道而驰。

鹬蚌相争[1]

赵且伐[2]燕，苏代为燕谓惠王曰："今者臣来，过易水，蚌[3]方出曝[4]，而鹬[5]啄其肉。蚌合而箝[6]其喙[7]。鹬曰：'今日不雨，明日不雨，即有死蚌！'蚌亦谓鹬曰：'今日不出，明日不出，即有死鹬！'两者不肯相舍[8]，渔者得而并禽[9]之。今赵且伐燕，燕、赵久相支[10]，以弊[11]大众，臣恐强秦之为渔父也，故愿王之熟计之也。"惠王曰："善！"乃止。

【注释】

①选自《战国策·燕策二》。

②伐：攻打。

③蚌：贝类，一种硬壳软体动物。

④曝（pù）：晒太阳。

⑤鹬（yù）：水鸟名。长嘴灰背，喜吃小鱼。

⑥箝：同"钳"，夹住。

⑦喙：鸟嘴。

⑧舍：舍弃。

⑨禽：同"擒"。

⑩相支：互相对抗。

⑪弊：使……精疲力尽。

品 鉴

游说之士苏代借用“鹬蚌相争”的故事，向赵惠文王说明赵、燕相争会为两国都带来祸患，使秦国坐收渔翁之利的道理，从而阻止了赵国攻打燕国。后人从这个寓言故事中引申出成语“鹬蚌相争”，并常和“渔翁得利”一起连用，往往用来比喻双方相争，结果两败俱伤，使第三者从中获利。

望洋兴叹[①]

秋水时至[②]，百川灌河[③]。泾[④]流之大，两涘[⑤]渚崖[⑥]之间，不辩[⑦]牛马。于是焉河伯[⑧]欣然自喜，以天下之美为尽在己。

顺流而东行，至于北海。东面[⑨]而视，不见水端。于是焉河伯始旋其面目[⑩]，望洋向若[⑪]而叹曰："野语[⑫]有之曰：'闻道百，以为莫己若[⑬]者。'我之谓[⑭]也。且夫我尝闻少仲尼之闻而轻伯夷之义者[⑮]，始吾弗[⑯]信。今我睹子之难穷也，吾非至于子之门则殆[⑰]矣。吾长见笑于大方之家[⑱]。"

【注释】

①选自《庄子·秋水》。

②时至：按着时令来到。

③河：黄河。

④泾：同"径"，直流的水波。

⑤涘（sì）：水边。两涘即两岸。

⑥渚（zhǔ）：水中小洲。崖：高岸。

⑦辩：同"辨"，分辨。

⑧河伯：黄河的水神，相传叫冯（píng）夷。

⑨东面：面向东方。

⑩旋：转。旋其面目，即改变原来骄傲的样子。

⑪望洋：也作“望羊”，仰视的样子。若：传说中北海的海神。

⑫野语：俗话。

⑬莫己若：没有人比得上自己。

⑭我之谓：即“谓我”，说的正是我。

⑮少：认为……少。轻：认为……轻。

⑯弗：不。

⑰殆（dài）：危险，这里指糟糕。

⑱见笑：被笑。大方之家：懂得大道理的人。大方，大道理。

品 鉴

望洋兴叹本指在伟大的事物面前感叹自己的渺小，今多指要做一件事而力量不够，感到无可奈何。这篇故事告诉我们，人外有人，天外有天，切不可因为一时的成就而狂妄自大。

滥竽充数[1]

齐宣王[2]使人吹竽[3]，必[4]三百人。南郭处士[5]请为王吹竽，宣王说[6]之，廪食[7]以数百人。宣王死，湣王[8]立，好一一听之，处士逃。

【注释】

①选自《韩非子·内储说上》。

②齐宣王：齐国国君。

③竽（yú）：古代的一种乐器，像现在的笙。

④必：一定，必须。

⑤处士：没有做过官的读书人。

⑥说：同“悦”。

⑦廪（lǐn）食：官府供给的粮米，这里指薪俸。

⑧湣（mǐn）王：宣王的儿子。

品 鉴

今天常用“滥竽充数”来比喻一个人无真才实学却混在行家里充数，或用不好的东西混在好东西里充数。

买椟还珠[1]

楚人有卖其珠于[2]郑[3]者，为[4]木兰之柜[5]，熏以桂椒[6]，缀[7]以珠玉，饰[8]以玫瑰[9]，辑[10]以翡翠。郑人买其椟[11]而还其珠。此可谓善卖椟矣，未可谓善鬻[12]珠也。

【注释】

①选自《韩非子·外储说左上》。

②于：在。

③郑：郑国。

④为：做，制造。

⑤木兰之柜：用木兰做的匣子。木兰，一种珍贵的木材。

⑥熏以桂椒：用桂椒烤灼。桂、椒，都是香木。下三句的句法与此同。

⑦缀：装饰，点缀。

⑧饰：装饰。

⑨玫瑰：一种美玉。

⑩辑：同“缉”，连缀。

⑪椟（dú）：匣子。

⑫鬻（yù）：卖。

品　鉴

郑人的眼睛只盯着那只精美的盒子，结果却丢掉了真正有价值的珠宝。买椟还珠常用来比喻目光短浅、取舍不当。

郑人置履[1]

郑人有且置履者[2]，先自度[3]其足，而置之其坐[4]。至之市而忘操之。已得履，乃曰："吾忘持度[5]。"反归取之。及反，市罢，遂不得履。人曰："何不试之以足?"曰："宁[6]信度，无[7]自信也。"

【注释】

①选自《韩非子·外储说左上》。

②且：将要。置：备办，这里当"购买"讲。履（lǚ）：鞋。

③度（duó）：量。

④置：放置。之：指已量好的脚的尺码。坐：同"座"，座位。

⑤度（dù）：指尺码。

⑥宁：宁可。

⑦无：不。

品　鉴

郑人买履，宁可相信自己事前量好的脚的尺寸，也不愿意亲自用脚试穿。比喻只相信教条，不相信实际。用以讥讽墨守成规而不重视实际状况的人。

四

孔子与《论语》

KONGZI YU LUNYU

孔子是中国古代伟大的思想家、教育家，也是儒家学派的创始人。他是一位诲人不倦的好教师，从来不严厉地训诫学生，而是平等地与他们交流自己的心得，帮他们从中发现真理。学生们把孔子平日上课时说的重要见解记录下来，又经过后人的润饰加工，就成了这本语录体的《论语》。这部著作经过两千五百多年的考验，今天读来仍让人心生感悟和感动，感悟的是其中深刻的道理，感动的是孔子那颗仁爱的心。

学而（四章）

◉ 题解

《学而》是《论语》的开篇，共十六章。《论语》一般以每篇开头两三个字作为篇名，如果“子曰”两字出现在篇首，就以“子曰”后面的两三个字作为篇名，例如本篇。本篇的中心词是“学习与做人”。

子①曰：“学而时习②之，不亦说③乎？有朋自远方来，不亦乐乎？人不知而不愠④，不亦君子乎？”

曾子⑤曰：“吾日三省吾身⑥：为人谋而不忠⑦乎？与朋友交而不信⑧乎？传⑨不习乎？”

子曰：“弟子⑩入则孝，出则悌⑪，谨而信⑫，泛爱众⑬，而亲仁⑭，行有余力⑮，则以学文⑯。”

子曰：“君子食无求饱，居无求安⑰，敏于事而慎于言，就有道而正焉⑱，可谓好学也已。”

【注释】

①子：《论语》中“子曰”的“子”均指孔子。古代尊称有学问、有道德的男子为“子”。

②时：经常。习：复习，温习。

③说（yuè）：通“悦”，高兴、快乐。

④愠（yùn）：恼怒。

⑤曾子：孔子的学生，名参（shēn），字子舆。

⑥三省（xǐng）吾身：多次自我反省、检讨。三，不是实指，表示多次。省，检讨，反思。

⑦为人谋：为别人办事。忠：尽心竭力。

⑧信：诚实。

⑨传（chuán）：传授，此处指老师传授的知识。

⑩弟子：一是指年纪较小为人弟和为人子的人；二是指学生。这里用的是第一种意义上的“弟子”。

⑪悌（tì）：敬爱兄长。

⑫谨而信：做事谨慎，说话有信用。

⑬泛爱众：对大众要有仁爱之心。

⑭亲仁：亲近有仁德的人。

⑮余力：剩余的精力。

⑯学文：学习《诗》《书》等著作。

⑰安：安逸。

⑱就有道而正焉：接近有道德的人而改正自己的错误。就，接近。正，改正。

作者信息

孔子（前551—前479），名丘，字仲尼，鲁国陬邑（今山东曲阜）人。中国古代伟大的思想家、教育家，儒家学派的开创者。孔子开创了私人讲学之风，倡导仁、义、礼、智、信。相传孔子有弟子三千，其中贤人七十二。

品 鉴

孔子是一个仁厚的人，所以他的话常常充满仁爱。我们从孔子的话语中，可以读出孔子仁厚的形象，感受到博大的爱心。你看，他一上来就以交心的口气与你谈读书、谈交友、谈做人，让人感到十分亲切。他还讲“泛爱众”，“泛爱众”与今天说的“爱心”“博爱”相似。

曾参作为孔子的嫡传弟子，相传写了《大学》，还教授了孔子的孙子子思。他讲的这一番强调“内省”的话，是儒家讲“修身”的头号名言。曾参在这里不仅讲了“内省”的内容，更强调了“内省”的方式：每天都多次反省和检讨自己。这看似笨拙，但正体现了儒家的智慧。

述而（四章）

◎ 题解

《述而》是《论语》的第七篇，共三十八章，主要记述孔子的教育思想及生活情趣。

子曰："饭疏食[①]，饮水，曲肱而枕之[②]，乐亦在其中矣。不义而富且贵[③]，于我如浮云。"

叶公[④]问孔子于子路，子路不对。子曰："女奚[⑤]不曰，其为人也，发愤忘食，乐以忘忧，不知老之将至云尔[⑥]。"

子曰："三人行，必有我师焉。择其善者而从之，其不善者而改之。"

子曰："若圣与仁，则吾岂敢？抑为之不厌，诲人不倦，则可谓云尔已矣[⑦]。"公西华曰："正唯弟子不能学也。"

【注释】

①饭疏食：吃粗食。

②曲肱而枕之：弯着胳膊当枕头。肱（gōng），由肩到肘的部位。

③不义而富且贵：用不正当的方法获得财富和地位。

④叶公：楚国大夫沈诸梁，字子高。封地在叶邑，史称叶公。

⑤女奚：你为什么。女，通“汝”，你。奚，何，为什么。

⑥云尔：而已，罢了。

⑦可谓云尔已矣：可以说差不多了。

品 鉴

孔子实干、乐观、不服老，一生致力于教育，成为中国第一位真正意义上的大教育家。他五十五岁离开鲁国周游列国，推广自己的政治方案，历时十四载，途经七个诸侯国，尽管各诸侯国国君都对他“敬而远之”，使他没有机会实现自己的政治主张，但他没有丝毫懈怠。六十八岁那年，他回到鲁国，开始全力整理古代典籍，最后完成了《诗》《书》《礼》《易》的整理，并编纂了《春秋》。孔子的一生正是生命不息努力不止的典范。

先进（一章）

题解

《先进》是《论语》的第十一篇，共二十六章，主要记述孔子的教育活动、对弟子的个性评价。

子路、曾皙、冉有、公西华侍坐[①]。

子曰："以吾一日长乎尔，毋吾以也[②]。居[③]则曰：'不吾知[④]也！'如或[⑤]知尔，则何以[⑥]哉？"

子路率尔[⑦]而对曰："千乘之国[⑧]，摄[⑨]乎大国之间，加之以师旅[⑩]，因之以饥馑[⑪]；由也为之，比[⑫]及三年，可使有勇，且知方[⑬]也。"

夫子哂[⑭]之。

"求，尔何如？"

对曰："方六七十，如五六十[⑮]，求也为之，比及三年，可使足民[⑯]。如其礼乐[⑰]，以俟[⑱]君子。"

"赤，尔何如？"

对曰："非曰能之，愿学焉。宗庙[⑲]之事，如会同[⑳]，端章甫[㉑]，愿为小相[㉒]焉。"

"点，尔如何？"

鼓瑟希[23]，铿尔[24]，舍瑟而作。对曰："异乎三子者之撰[25]。"

子曰："何伤乎[26]？亦各言其志也！"

曰："莫春[27]者，春服[28]既成，冠者[29]五六人，童子[30]六七人，浴乎沂[31]，风乎舞雩[32]，咏而归。"

夫子喟然[33]叹曰："吾与[34]点也！"

三子者出，曾皙后。曾皙曰："夫三子者之言何如？"

子曰："亦各言其志也已矣。"

曰："夫子何哂由也？"

曰："为国以礼，其言不让[35]，是故哂之。"

"唯求则非邦也与[36]？"

"安见方六七十如五六十而非邦也者？"

"唯赤则非邦也与？"

"宗庙会同，非诸侯[37]而何？赤也为之小，孰能为之大[38]？"

【注释】

①子路：名仲由，字子路，一字季路。曾皙：名点，曾参的父亲。冉有：名求，字子有。公西华：名赤，字子华，公西是复姓。侍坐：陪着（孔子）坐。侍，本指侍立在尊者的旁边。

②一日：一两天的意思，比喻年岁相差很短，是谦逊的说法。长乎尔：比你们年长。尔，第二人称代词，这里表复数，指你们。这句话的意思是，我比你们年纪大些，不要因为这样就不说话了。

③居：平居，即平常。

④不吾知：不知吾。

⑤或：有人。

⑥何以：怎么办。

⑦率尔：不假思索的样子。

⑧千乘之国：有一千辆兵车的国家。乘，一车四马。

⑨摄：夹。

⑩师旅：古代军队编制的单位。五百人为一旅，两千五百人为一师。这里指大国来侵犯的军队。

⑪饥馑：指饥荒。《尔雅·释天》："谷不熟为饥，蔬不熟为馑。"

⑫比（旧读 bì）及：等到。

⑬方：义，正道。

⑭哂（shěn）：微笑。这里略带讥笑的意思。

⑮方：见方，纵横。如：或者。这句话的意思是，一个纵横六七十里或者五六十里的小国家。

⑯足民：使民丰足。

⑰如其：至于那个。如，若，至于。其，代词，那个。礼乐：这里指对百姓进行礼乐教化。

⑱俟：等待。

⑲宗庙：祖庙，这里指祭祀祖先。

⑳会同：古代诸侯朝见天子，如不是按规定的时间去朝见叫作"会"，与众诸侯一起去朝见叫作"同"，后来两君相见也叫作"会"。

㉑端章甫：穿上礼服，戴上礼帽。端，玄端，一种礼服。章甫，当时贵族常戴的一种黑色礼帽。

㉒小相：赞礼的人。卿大夫担任赞礼工作叫作"大相"，士担任赞礼工作叫作"小相"。

㉓瑟：弦乐器。瑟身是长方形木质音箱，一般有二十五弦。希：稀疏。这里指鼓瑟的节奏慢下来。

㉔铿尔：象声词，形容乐声有节奏而响亮。

㉕撰：述，指前面三人所表达的志向。

㉖何伤乎：有什么关系呢？

㉗莫（mù）春：指三月。莫，同“暮”。

㉘春服：指夹衣。

㉙冠（guàn）者：古代贵族男性青年，有二十行冠礼的制度。所谓“冠者”，即指二十岁以上的成年人。

㉚童子：尚未成年的孩子。

㉛沂（yí）：水名。源出山东乡县东北，西流经曲阜与洙水合，入泗水。

㉜风：乘凉。舞雩（yú）：地名，在今曲阜东南。雩，本是求雨的祭名，雩祭时还有舞蹈，故称舞雩。雩祭的地方筑有土坛，周围种有树，所以能乘凉。

㉝喟（kuì）然：叹息的样子。

㉞与：赞同。

㉟让：礼让，谦逊。

㊱唯求则非邦也与：难道冉有不是有志为国吗？此句表明曾皙还没有明白孔子哂笑子路的原因。他以为孔子笑子路不能“为国”，而不懂孔子笑子路是由于子路说话态度不谦虚，如“率尔而对”，又夸说自己能使民“知方”等。所以，曾皙一连两次发问“唯求”“唯赤”。在曾皙看来，冉有与公西华也表示了要“为邦”，为何孔子不笑话他俩呢？难道他俩所讲的就不是国家吗？

㊲诸侯：这里指国家，即曾皙所谓的“邦”。

㊳“赤也”句：这句话的意思是，像公西华这样的人只能给诸侯担任小相，谁能给诸侯担任大相呢？

品鉴

孔子为什么“哂”子路而“与”曾皙？子路为人轻率，不懂谦让，孔子的话刚完，他就“率尔而对”。而曾皙为人稳重，有涵养，同学都“言志”已毕，老师点了他的名，他才先将弹瑟的节奏慢下来，然后作答。

孔子问的是各人的志向，志向与性格毕竟不是一回事，所以孔子“哂”的只是子路的性格，并没有对他的志向提出异议。孔子“与”曾皙则另有原因，细读原文，我们就能发现，子路、冉有、公西华谈的都是“事功”，而曾皙谈的却是生活的乐趣和人生的态度。显然，曾皙的志向要比子路他们高远。

季 氏（一 章）

◉ 题 解

《季氏》是《论语》的第十六篇，共十四章。主要是紧承前面的篇章，进一步阐述孔子的政治思想和教育思想。

陈亢问于伯鱼[①]曰："子亦有异闻[②]乎？"对曰："未也。尝独立，鲤趋[③]而过庭。曰：'学《诗》乎？'对曰：'未也。''不学《诗》，无以言。'鲤退而学《诗》。他日，又独立，鲤趋而过庭。曰：'学《礼》乎？'对曰：'未也。''不学《礼》，无以立。'鲤退而学《礼》。闻斯[④]二者。"陈亢退而喜曰："问一得三，闻《诗》，闻《礼》，又闻君子之远其子[⑤]也。"

【注释】

①陈亢（gāng）：陈国人，字子禽，孔子弟子。伯鱼：孔子的儿子，名鲤。

②异闻：特别的教诲。

③趋：小步快走。

④斯：这。

⑤远其子：朱熹《四书章句集注》："孔子之教其子，无异于门人，故

陈亢以为远其子。”远，不偏爱。

品 鉴

“问一得三”，陈亢很高兴，可见他是多么好学。据说，陈亢跟随孔子较晚，求学心切，他忍不住问孔子的儿子孔鲤，想从孔鲤那里学到一些东西。

从这一章中还可以感知，孔子对自己的儿子并不偏心，没有像陈亢猜测的那样“开小灶”做加倍的培养。“君子之远其子”，让我们看到了孔子的又一面——不偏私。这不也是一种“仁”吗？

五

先秦史传

XIANQIN SHIZHUAN

中国古代文化是一种“史官文化”，朝廷专门设有史官，来记载国家大事和君王的言行。先秦史籍最有名的是《左传》《国语》和《战国策》，它们用极其简洁的文字，记述和描写了重大的事件和重要的场面，还隐隐包含对这些人和事的态度与情感，让读者玩味不止。所以，读古代的历史散文时，不能放过每一个字的意义和作用。这对写作很有帮助。

左传（二篇）

◎ 题解

《左传》原名《左氏春秋》，它与《公羊传》《谷梁传》合称“春秋三传”。记事起于鲁隐公元年（前722），迄于鲁哀公二十七年(前468)，基本与《春秋》重合。关于《左传》的作者，司马迁和班固都认为是左丘明，并说他是鲁太史，后人对此或有疑义。《左传》的观念接近儒家，表现出“民本”的思想，有的记载揭露了统治者的残暴，有的体现出爱国思想。《左传》叙事生动，富于戏剧性，善于刻画人物，语言简而精、曲而达。

子产不毁乡校①

郑人游于乡校②，以论执政③。然明④谓子产曰：“毁乡校何如？”子产曰：“何为？夫人朝夕退而游焉⑤，以议执政之善否。其所善者，吾则行之；其所恶者，吾则改之。是吾师也，若之何毁之？我闻忠善以损⑥怨，不闻作威⑦以防怨。岂不遽止⑧？然犹防川⑨：大决所犯，伤人必多，吾不克⑩救也；不如小决使道⑪，不如吾闻而药之⑫也。”然明曰：“蔑也今而后知吾子之信可事⑬也！小人实不才⑭。若果行此，其郑国实赖之，岂唯二三⑮臣？”

仲尼[16]闻是语也，曰："以是观之，人谓子产不仁，吾不信也。"

【注释】

①本文选自《左传·襄公三十一年》。子产，即公孙侨，郑国贵族，后为上卿，执国政，进行了一系列的政治改革。春秋时期著名政治家。

②乡校：古时乡间的公共场所，既是学校，又是乡人聚会议事的地方。

③执政：掌握政权的人。

④然明：郑国大夫鬷（zōng）蔑，字然明。

⑤退：工作完毕后回来。意思是那些人早晚到这里休息、活动。

⑥忠善：忠诚尽力地做善事。损：减少。

⑦作威：摆出威风。

⑧遽（jù）：很快，迅速。意思是假如作威防怨，岂不是能立刻制止？

⑨然犹防川：但是犹如防止河流决口一样。

⑩克：能。

⑪道：同"导"，疏通，引导。

⑫药之：以之为药，用它做治病的药。

⑬吾子：对对方的敬称。信：确实，的确。可事：可以成事。

⑭小人：对自己的谦称。不才：没有才能。

⑮二三：这些，这几位。

⑯仲尼：孔子的字。孔子当时只有十岁，这话是后来加上的。

烛之武退秦师[1]

晋侯、秦伯围郑，以其无礼于晋[2]，且贰于楚[3]也。晋军函陵，秦军汜南[4]。

佚之狐[5]言于郑伯曰："国危矣！若使烛之武[6]见秦君，师必退。"公从之。辞曰："臣之壮也，犹不如人；今老矣，无能为也已。"公曰："吾不能早用子，今急而求子，是寡人之过也。然郑亡，子亦有不利焉。"许之。

夜缒而出[7]，见秦伯，曰："秦、晋围郑，郑既知亡矣。若亡郑而有益于君，敢以烦执事[8]。越国以鄙远[9]，君知其难也，焉用亡郑以陪邻？邻之厚，君之薄也。若舍郑以为东道主[10]，行李[11]之往来，共其乏困[12]，君亦无所害。且君尝为晋君赐矣[13]，许君焦、瑕，朝济而夕设版焉[14]，君之所知也。夫晋，何厌之有[15]？既东封郑[16]，又欲肆其西封[17]，若不阙[18]秦，将焉取之？阙秦以利晋，唯君图之。"

秦伯说[19]，与郑人盟，使杞子、逢孙、杨孙戍之[20]，乃还。

子犯[21]请击之。公曰："不可。微夫人之力不及此[22]。因人之力而敝[23]之，不仁；失其所与，不知[24]；以乱易整[25]，不武[26]。吾其还也。"亦去之。

【注释】

①本文选自《左传·僖公三十年》，记秦晋围郑，郑烛之武说秦退兵，使敌人内部分化，从而解除了郑国的危险。

②以：因为。其：指郑国。无礼于晋：指晋文公重耳流亡经过郑国时，郑文公未以礼相待。

③贰于楚：倾向于楚国。贰，两属，同时亲附对立的双方，怀有二心。

④军：驻扎。函陵：郑国地名，在今河南新郑北。汜（fán）南：郑

国的氾水南面。氾水在今河南中牟南，但早已干涸。

⑤佚之狐：郑国大夫。

⑥烛之武：郑国大夫。

⑦缒（zhuì）：用绳子吊着重物。这里指把烛之武从城墙上吊下去。出：指出郑国都城。

⑧执事：执行事务的人，这里指秦穆公本人。

⑨越：超越，越过。鄙：边邑。这里指把远地作为边邑。秦国在西，郑国在东，晋在其中。烛之武指出，如果秦把离秦很远的郑作为边境，必然要越过晋国。他说："您一定知道，这样做是很困难的。"

⑩东道主：东方路上的主人，因郑国在秦国的东边。后世用这个词作为"主人"的代称。

⑪行李：使者，外交官员。

⑫共：同"供"，供给。乏困：指资财粮食等物品的不足。

⑬尝：曾经。晋君：指晋惠公。赐：恩惠。这句说，秦穆公曾对晋惠公施以恩惠。

⑭焦：晋国邑名，在今河南三门峡附近。瑕，晋国邑名，在今河南灵宝东。济：渡河。版：筑土墙用的夹板。晋惠公答应把焦、瑕二邑许给秦国，但是惠公早晨刚渡河归国，晚上就设版筑城，修建工事，准备和秦国对抗。

⑮厌：同"餍"，满足。此言晋永远不会满足。

⑯封郑：以郑国为疆界。

⑰肆：放肆，指极力扩张。意思是，假如晋国灭郑以郑为东面的国界，必然要接着向西扩张。

⑱阙：损害。

⑲说：同"悦"，高兴。

⑳使：派。杞（qǐ）子、逢孙、杨孙：三人都是秦国大夫。戍：驻守。意思是派这几个人驻军帮郑国守卫。

㉑子犯：晋大夫狐偃的字。

㉒微：要不是。夫人：那个人，指秦穆公。意思是，没有那个人（秦穆公）的帮助，我是到不了这样的地位的。晋文公曾流亡国外，靠秦穆公的军事力量支持才回到晋国成为国君。

㉓因人：依靠他人。敝：伤害。

㉔所与：指友好国家，盟国。知：同“智”。

㉕乱：分裂。易：代替。整：团结一致。这句是说，以互相冲突代替步调一致。

㉖武：勇武。

品　鉴

子产不毁乡校，给百姓以说话的权利，让我们看到了儒家“以民为本”的理念。当然，允许百姓议论朝政并不等于给他们决定政事的权力，争取民心也还是为了保住自己的利益。

《左传》的辞令之美一向为人称道。烛之武用不到两百字的说辞，打动了秦穆公，使他不但退兵，还留军队助郑守卫。细细体会烛之武抛开郑之存亡分析秦晋矛盾的高明说辞，不由得让人慨叹文字的力量。

战国策（二篇）

◎题解

《战国策》是一部汇编而成的历史著作，原作者不明。其中所包含的资料，主要出于战国时代，包括策士的著作和史臣的记载。西汉刘向考订整理后，定名为《战国策》。全书共三十三卷，按国别记述，时代上接春秋，下迄秦并六国，以策士的游说活动为中心，反映出这一时期各国政治、外交的情状。书中对纵横家、士人追求功名富贵也有生动的反映。全书文学性很强，写人记事十分细致，文辞铺张，气势充沛，喜用寓言说理。

冯谖客孟尝君[①]

齐人有冯谖者，贫乏不能自存[②]，使人属[③]孟尝君，愿寄食[④]门下。孟尝君曰："客何好？"曰："客无好也。"曰："客何能？"曰："客无能也。"孟尝君笑而受之，曰："诺[⑤]。"

左右以君贱之也，食以草具[⑥]。居有顷[⑦]，倚柱弹其剑，歌曰："长铗归来乎[⑧]！食无鱼。"左右以告。孟尝君曰："食之，比门下之客[⑨]。"居有顷，复弹其铗，歌曰："长铗归来乎！出无车。"左右皆笑之，以告。孟尝君曰："为之驾[⑩]，比门下之车客。"于是乘其车，揭[11]其剑，过[12]其友，曰："孟尝君客我[13]。"后有顷，复弹其剑铗，歌曰："长铗归来乎！无以为家[14]。"左右皆恶之，以为贪而不知足。孟尝君问："冯公有亲[15]乎？"对曰："有老母。"孟尝君使人给[16]其食用，无使乏。于是冯谖不复歌。

后孟尝君出记[17]，问门下诸客："谁习计会[18]，能为文收责[19]于薛者乎？"冯谖署[20]曰："能。"孟尝君怪之，曰："此谁也？"左右曰："乃歌夫'长铗归来'者也。"孟尝君笑曰："客果有能也，吾负[21]之，未尝见也。"请而见之，谢[22]曰："文倦于事[23]，愦于忧[24]，而性懧[25]愚，沉[26]于国家之事，开罪[27]于先生。先生不羞[28]，乃有意欲为收责于薛乎？"冯谖曰："愿之。"于是约车治装[29]，载券契[30]而行。辞曰："责毕收，以何市而反[31]？"孟尝君曰："视吾家所寡[32]有者。"

驱而之[33]薛，使吏召诸民当偿者[34]，悉来合券[35]。券遍合，起矫命[36]，以责赐[37]诸民，因烧其券，民称万岁。

长驱[38]到齐，晨而求见。孟尝君怪其疾[39]也，衣冠[40]而见之，曰："责毕收乎？来何疾也？"曰："收毕矣。""以何市而反？"冯谖曰："君之'视吾家所寡有者'，臣窃计[41]，君宫中积珍宝，狗马实外厩[42]，美人充下陈[43]；君家所寡有者，以义[44]耳！窃以为君市义。"孟尝君曰："市义奈何？"曰："今君有区区之薛，不拊爱子其民[45]，因而贾利之[46]。臣窃矫君命，以责赐诸民，因烧其券，民称万岁，乃臣所以为君市义也。"孟尝君不悦，曰："诺，先生休矣[47]！"

后期年[48]，齐王[49]谓孟尝君曰："寡人不敢以先王之臣为臣[50]。"孟尝君就国[51]于薛。未至百里[52]，民扶老携幼，迎君道中。孟尝君顾[53]谓冯谖："先生所为文市义者，乃[54]今日见之。"

冯谖曰："狡兔有三窟，仅得免其死耳；今君有一窟，未得高枕而卧[55]也。请为君复凿二窟。”孟尝君予车五十乘，金五百斤。西游于梁[56]，谓惠王[57]曰：“齐放[58]其大臣孟尝君于诸侯，诸侯先迎之者，富而兵强。”于是梁王虚上位[59]，以故相[60]为上将军，遣使者黄金千斤、车百乘，往聘孟尝君。冯谖先驱[61]，诫孟尝君曰：“千金，重币[62]也；百乘，显使[63]也。齐其[64]闻之矣。”梁使三反[65]，孟尝君固辞[66]不往也。

齐王闻之，君臣恐惧，遣太傅赍[67]黄金千斤，文车二驷[68]，服剑[69]一，封书[70]，谢孟尝君曰：“寡人不祥，被于宗庙之祟[71]，沉于谄谀之臣[72]，开罪于君。寡人不足为[73]也，愿君顾先王之宗庙[74]，姑反国统万人[75]乎！”冯谖诫孟尝君曰：“愿请先王之祭器，立宗庙于薛[76]。”庙成，还报孟尝君曰：“三窟已就，君姑高枕为乐矣。”

孟尝君为相数十年，无纤介[77]之祸者，冯谖之计也。

【注释】

①选自《战国策·齐策四》。冯谖（xuān）：《史记·孟尝君列传》作“冯驩”。客孟尝君：在孟尝君门下做食客。孟尝君，即田文，齐国贵族。其父靖郭君田婴是齐威王的小儿子，封于薛（今山东滕州南）。田婴死，田文继立，受封号为孟尝君。他是战国四公子之一，为人轻财养士，门下食客数千。

②自存：自己养活自己。存，存活。

③属：同“嘱”，嘱托。

④寄食：依附他人而得到衣食，这里指做食客。寄，依附。

⑤诺：答应，同意。

⑥左右：指孟尝君手下的人。贱之：鄙视他。食（sì）：给人吃。下文“食之”的“食”含义相同。草具：原指简陋的食器，借指粗劣食物。

⑦居有顷：过了不久。

⑧铗（jiá）：剑柄，借指剑。归来乎：回去吧。来、乎都是语气词。

⑨比门下之客：与门下一般食客同等待遇。比，比照。据《列士传》，孟尝君的食客分三等：上客乘车，食肉，住代舍；中客食鱼，住幸舍；下客食菜，住传舍。

⑩驾：车马。

⑪揭：举。

⑫过：过访，访问。

⑬客我：以上客之礼对待我。

⑭为家：养家。

⑮亲：父母。

⑯给（jǐ）：供应。

⑰出记：发告示。记，告示，启示。一说指簿记。

⑱习：熟悉。计会：会计。

⑲责：同“债”。

⑳署：署名，签名。

㉑负：亏待。

㉒谢：道歉。

㉓倦于事：因事务而疲惫不堪。事，国事。

㉔愦（kuì）于忧：因忧虑而心绪烦乱。愦，昏乱不清。

㉕懧（nuò）：同“懦”，懦弱。

㉖沉：沉溺，深陷。

㉗开罪：得罪。

㉘不羞：不以为羞，不介意。

㉙约车：备车。约，备办。治装：收拾行装。

㉚券（quàn）契：债券，犹如今之合同，分成两半，债主和借债人各持其一。如有对证，就得两券相合，即下文的“合券”。券契多用竹木刻削而成，比较笨重，所放债券又多，所以用车装载。

㉛市：买。反：同“返”。

㉜寡：少，缺乏。

㉝之：往，动词。

㉞当偿者：应当还债的人。

㉟悉：全，都。合券：对证债券。

㊱矫命：假传孟尝君命令。矫，假托。

㊲赐：这里指放弃债款不收。

㊳长驱：一直赶车不停留。

㊴疾：迅速。

㊵衣冠（yī guàn）：用作动词，穿戴好衣帽。穿戴整齐后接见，表示尊重宾客。

㊶臣：古时对人表示谦敬的自我称呼。窃：私下，谦辞。计：考虑。

㊷实：与“充”同义，都是充满的意思。厩（jiù）：马房。

㊸下陈：原指堂下陈放礼品，站列婢妾的地方，这里指后宫内室。

㊹以：当为“乃”字，古文形近而误。义：仁义。

㊺拊：同“抚”，抚养。子其民：把那些民众看作儿女。子，用作动词。旧时统治者自称“民之父母”，故这里称“子其民”。

㊻贾（gǔ）利之：像商人一样向民众求利。贾，囤积营利的商人。

㊼休矣：算了，罢了。

㊽期（jī）年：一周年。

㊾齐王：齐湣王（前300—前284年在位）。

㊿不敢以先王之臣为臣：这是齐湣王辞退孟尝君的托词。先王，指齐

湣主之父齐宣王（前319—前301年在位）。先王之臣，指孟尝君。

㉛就国：回到封地。就，趋向，引申为到。国，贵族封地。

㉜未至百里：距离薛地还有一百里。

㉝顾：回头看。

㉞乃：才。

㉟高枕而卧：比喻无忧无虑。

㊱梁：指魏国。魏都本在安邑（今山西夏县西北），后迁大梁（今河南开封），魏国也称梁国。

㊲惠王：魏惠王，也称梁惠王（前369—前319年在位）。

㊳放：放逐。

㊴虚：空出，腾出。上位：指国相之位。

㊵故相：原来的宰相。

㊶先驱：先赶车上路。

㊷重币：贵重的聘礼。币，礼物的通称。

㊸显使：显赫的使臣。

㊹其：表示推测、估计的语气，相当于“大约”“可能”。

㊺三反：多次往返。三，这里泛指多次，不是确指。

㊻固辞：坚决推辞。

㊼太傅：官名，辅佐国君执政。赍（jī）：拿东西送人。

㊽文车：雕绘上彩纹的车。驷：这里用作车马单位，四马一车。

㊾服剑：佩剑，指齐王自佩的剑。

㊿封书：古时书信用函匣装好后，外面再用胶、漆封住。

71被：遭受。宗庙：这里指宗庙里的祖先。祟：鬼神加祸。

72沉：沉迷。谄谀（chǎn yú）之臣：谗臣，献媚取宠的臣子。

73不足为：不值得辅佐。为，指帮助。

⑭顾先王之宗庙：等于说“看在祖宗的分上”。齐王和孟尝君同一祖先，故有此言。顾，顾念。

⑮姑：姑且，暂且。统：统摄，治理。万人：万民，指百姓。

⑯立宗庙于薛：古代以宗庙为国家象征，有“宗庙毁，社稷亡”的说法。薛邑立下宗庙，齐王自会派兵保护。这有助于稳固孟尝君的地位。

⑰纤介：细小。介，通“芥”，小草。

触龙说赵太后[①]

赵太后新用事[②]，秦急攻之。赵氏求救于齐。齐曰：“必以长安君为质[③]，兵乃出。”太后不肯，大臣强谏[④]。太后明谓左右：“有复言令长安君为质者，老妇必唾其面[⑤]！”

左师触龙[⑥]言愿见太后，太后盛气而胥[⑦]之。入而徐趋[⑧]，至而自谢[⑨]，曰：“老臣病足，曾不能疾走[⑩]，不得见久矣，窃自恕[⑪]，而恐太后玉体之有所郄[⑫]也，故愿望见太后。”太后曰：“老妇恃辇[⑬]而行。”曰：“日食饮得[⑭]无衰乎？”曰：“恃鬻[⑮]耳。”曰：“老臣今者殊不欲食，乃自强步，日三四里，少益嗜食[⑯]，和于身[⑰]也。”太后曰：“老妇不能。”太后之色少解[⑱]。

左师公曰：“老臣贱息[⑲]舒祺，最少[⑳]，不肖。而臣衰，窃爱怜之。愿令得补黑衣[㉑]之数，以卫王宫，没死[㉒]以闻。”太后曰：“敬诺。年几何矣？”对曰：“十五岁矣。虽少，愿及未填沟壑[㉓]而托之。”太后曰：“丈夫[㉔]亦爱怜其少子乎？”对曰：“甚于妇人。”太后笑曰：“妇人异甚。”对曰：“老臣窃以为媪之爱燕后[㉕]，贤于长安君。”曰：“君过[㉖]矣！不若长安君之甚。”左师公曰：“父母之爱子，则为之计深远。媪之送燕后也，持其踵[27]，为之泣，念悲其远也，亦哀之矣。已行，非弗思也，祭祀必祝之，祝曰：‘必勿使反[28]。’岂非计久长，有子孙相继为王也哉[29]？”太后曰：“然。”

左师公曰：“今三世[30]以前，至于赵之为赵[31]，赵王之子孙侯者，其继有在者乎[32]？”曰：“无有。”曰：“微独[33]赵，诸侯有在者乎？”曰：“老妇不闻也。”“此其近者祸及身，远者及其子孙。岂人主之子孙则必不善哉？位尊而无功，奉厚而无劳[34]，而挟重器[35]多也。今媪尊长安君之位，而封之以膏腴之地，多予之重器，而不及今[36]令有功于国。一旦山陵崩[37]，长安君何以自托于赵[38]？老臣以媪为长安君计短也，故以为其爱不若燕后。”太后曰：“诺，恣君之所使之[39]。”于是为长安君约车百乘[40]，质于齐。齐兵乃出。

子义[41]闻之，曰：“人主之子也，骨肉之亲也，犹不能恃无功之尊，无劳之奉，而守金玉之重也，而况人臣乎！”

【注释】

①本文选自《战国策·赵策四》。

②赵太后：即赵威后。用事：执政。

③长安君：赵太后宠爱的小儿子。质：抵押，这里指人质。当时诸侯间缔盟，常以对方君主的弟兄或子孙做人质，作为执行盟约的保证。

④强（qiǎng）谏：竭力劝谏。

⑤唾其面：朝他的脸吐唾沫。

⑥左师：官名。触龙：人名。

⑦盛气：怒气。胥：同“须”，等待。

⑧徐：缓，慢。趋：小步急行，古人见尊长时表示的一种礼貌。触龙

脚有病，走不快，只能装作“趋”的样子。

⑨谢：告罪，道歉。

⑩曾：乃，竟。走：跑。

⑪窃：表示自己想法的谦辞。恕：原谅。

⑫郄（xì）：身体疲弱，不舒服。

⑬恃：凭，靠。辇（niǎn）：古代人力拉的车。

⑭得：当，表猜度。

⑮鬻：“粥”的本字。

⑯少（shāo）：稍稍。益：增。嗜：喜爱。意思是逐渐增加一点食欲。

⑰和于身：使身体舒适。

⑱色少解：怒容消解了一些。

⑲贱息：向人谦称自己的儿子。息，子。

⑳少（shào）：小。

㉑黑衣：卫士甲衣装束，此指宫廷卫士。

㉒没（mò）死：冒死。

㉓及：趁。填沟壑（hè）：原指尸骨填埋山沟，这里用作死的谦卑说法。

㉔丈夫：古时男子的通称。

㉕媪（ǎo）：对老年妇女的尊称，此指太后。燕后：赵太后之女，嫁燕国君主为王后。

㉖过：错。

㉗踵（zhǒng）：脚后跟。

㉘反：同“返”。古代远嫁他国的诸侯之女，除非遭废弃或遇亡国之祸等特殊事件，一般不回娘家。“必勿使反”，是赵太后祝愿女儿幸福，勿遇不祥之灾。

㉙“岂非”二句：岂不是为她做长远的考虑，希望她的子孙世世代代

相继为燕王吗？

㉚三世：三代。

㉛赵之为赵：指赵立国之时。赵氏原是晋国大夫，封于赵。公元前403年，赵烈侯与韩氏、魏氏三家分晋，成为三个诸侯国。

㉜继：继承人，后代。触龙是说，从距今三代算起，一直到赵氏建立赵国的时候，赵王子孙中封侯的，他们的继承人可有至今还保住封爵的吗？

㉝微独：不仅。

㉞奉：通“俸”，俸禄。劳：功劳。

㉟重器：宝物。指权位、财富。

㊱及今：趁现在。

㊲山陵：喻国君，此指赵太后。崩：古代帝王死曰崩。

㊳何以自托于赵：凭什么在赵国立足？

㊴恣：纵，听任，任凭。意为任凭你派长安君去什么地方。

㊵乘：四马一车为乘。

㊶子义：赵国贤士。

品 鉴

冯谖靠自己的政治识见和卓越才能成就功业，使“弹剑作歌”成为后世士人反复引用的典故。从这种对于建功立业的追求中，我们可以感受到时人以才自矜、个性张扬的风采。

触龙说赵太后，因势利导，巧妙劝谏，成功用“父母之爱子，则为之计深远”的道理打动了赵太后，使赵太后同意让爱子长安君出使齐国为质，从而化解了国家危机。

六

屈原与楚辞

QU YUAN YU CHUCI

楚辞是在长江以南楚国一带流行的歌词。它的句子长短不齐，形式相当自由，充满了神话色彩，想象力极其丰富。中国历史上第一位伟大的爱国诗人屈原，正是运用了这一形式，抒发自己的故国之思和乡土之情，写下了不朽的诗篇《离骚》以及《九歌》《天问》《九章》等名作。虽然此后还有诗人用此文体写作，但楚辞与屈原的名字已紧紧地联系在一起，成为中国诗歌的重要一页。

湘君[1]

题解

屈原所作《东皇太一》《云中君》《湘君》《湘夫人》《大司命》《少司命》《东君》《河伯》《山鬼》《国殇》《礼魂》十一篇诗歌总称为《九歌》。“九”表示数目之多，并非实数。一般认为《九歌》是屈原根据民间的祭神乐歌改编而成。《湘君》和《湘夫人》写的是一对配偶神互相企望对方到来的思慕哀怨之情。

君不行兮夷犹[2]，蹇谁留兮中洲[3]？美要眇兮宜修[4]，沛[5]吾乘兮桂舟。令沅湘兮无波[6]，使江水兮安流。望夫君兮未来[7]，吹参差兮谁思[8]？

驾飞龙[9]兮北征，邅[10]吾道兮洞庭。薜荔柏兮蕙绸[11]，荪桡兮兰旌[12]。望涔阳兮极浦[13]，横大江兮扬灵[14]。扬灵兮未极[15]，女婵媛[16]兮为余太息。横流涕兮潺湲[17]，隐思君兮陫侧[18]。

桂棹兮兰枻[19]，斲冰兮积雪[20]。采薜荔兮水中[21]，搴芙蓉兮木末[22]。心不同兮媒劳[23]，恩不甚[24]兮轻绝。石濑兮浅浅[25]，飞龙兮翩翩[26]。交不忠兮怨长，期不信兮告余以不闲[27]。

朝骋骛兮江皋[28]，夕弭节兮北渚[29]。鸟次[30]兮屋上，水周兮堂下[31]。捐余玦[32]兮江中，遗余佩兮醴[33]浦。采芳洲兮杜若[34]，将以遗兮下女[35]。时不可兮再得，聊逍遥兮容与[36]。

【注释】

①湘君：湘水的男神。湘水有男神和女神，男神称湘君，女神称湘夫人。《湘君》写湘夫人对湘君的思念。《湘夫人》写湘君对湘夫人的思念。

②君：指湘君。夷犹：犹豫不前。

③蹇（jiǎn）：发语词。中洲：犹言"洲中"。洲，水中小洲。

④要眇：美好的样子。宜修：打扮得恰到好处。

⑤沛：水势急。这里形容桂舟行速很快。

⑥沅湘：沅水和湘水，均在湖南。无波：不生波浪。

⑦夫（fú）：代词，那。君：指湘君。未来：没有来。

⑧参差：排箫。谁思："思谁"的倒文。

⑨飞龙：龙舟。

⑩邅（zhān）：转弯，楚方言。

⑪薜荔：蔓生香草。柏（bó）：通"箔"，帘。蕙：兰草类，亦名薰草、佩兰。绸：通"帱"，帷帐。

⑫荪：香草名，俗名石菖蒲。桡（ráo）：短桨。兰：兰草。旌：旗杆顶上的饰物。

⑬涔（cén）阳：地名，在涔水北岸，洞庭湖西北。极浦：遥远的水边，指涔阳。今湖南澧县有涔阳浦，在洞庭湖与长江之间。涔阳可能是传说中湘夫人经常居留的地方。浦，水边。

⑭扬灵：显扬自己的精诚。

⑮极：至。

⑯女：侍女。婵媛（chán yuán）：由于内心关切而表现出牵持不舍的样子。

⑰潺湲（chán yuán）：缓缓而流。

⑱悱（fěi）恻：同“悱恻”，内心悲痛。

⑲桂、兰：香木名。棹（zhào）：长桨。枻（yì）：短桨。

⑳斲（zhuó）：同“斫”，砍。江水冻结，上有积雪，须用棹、枻破冰开道。

㉑“采薜荔”句：薜荔生在陆地却向水中采。言其不可能。

㉒搴（qiān）：拔。芙蓉：莲花。木末：树梢。薜荔长于陆地，芙蓉生在水中，这两句是缘木求鱼的意思，形容求爱的艰难。

㉓媒劳：媒人徒劳无功。劳，徒劳。

㉔恩不甚：恩爱不深。

㉕濑（lài）：浅滩上的流水。浅（jiān）浅：水流湍急的样子。

㉖翩翩：飞快貌。龙舟虽快，滩水太浅，这也是借喻单相思之苦。

㉗期：约会。信：守信。不闲：没有空暇。

㉘骋骛（wù）：疾走。江皋：江边。

㉙弭（mǐ）：停。节：鞭。渚（zhǔ）：江中沙洲。

㉚次：停宿。

㉛周：环绕。这两句写处境的荒凉。

㉜捐：弃。玦（jué）：环形而有缺口的玉饰。

㉝遗：丢下，义同“捐”。佩：玉佩。醴（lǐ）：水名，在湖南，注入洞庭湖。

㉞芳洲：长有芳草的水洲。杜若：香草名。

㉟遗（wèi）：赠。下女：地位卑下的女子，指身边侍女。

㊱逍遥：自由自在的样子。容与：舒闲的样子。

湘夫人

帝子[1]降兮北渚，目眇眇[2]兮愁予。袅袅[3]兮秋风，洞庭波兮木叶下。登白薠兮骋望[4]，与佳期兮夕张[5]。鸟何萃兮蘋中[6]，罾何为兮木上[7]？

沅有芷兮澧有兰[8]，思公子[9]兮未敢言。荒忽[10]兮远望，观流水兮潺湲。

麋[11]何食兮庭中，蛟何为兮水裔[12]？朝驰余马兮江皋，夕济兮西澨[13]。闻佳人兮召予，将腾驾兮偕逝[14]。

筑室兮水中，葺之兮荷盖[15]。荪壁兮紫坛[16]，播芳椒[17]兮成堂。桂栋兮兰橑[18]，辛夷楣兮药房[19]。罔[20]薜荔兮为帷，擗蕙櫋兮既张[21]。白玉兮为镇[22]，疏石兰[23]兮为芳。芷葺兮荷屋，缭之兮杜衡[24]。合百草兮实庭，建芳馨兮庑[25]门。九嶷缤[26]兮并迎，灵之来兮如云[27]。

捐余袂[28]兮江中，遗余褋[29]兮澧浦。搴[30]汀洲兮杜若，将以遗兮远者[31]。时不可兮骤得[32]，聊逍遥兮容与！

【注释】

①帝子：指湘夫人，因为她是帝尧的女儿，所以称“帝子”。

②眇（miǎo）眇：极目远视的样子。

③袅（niǎo）袅：微风吹拂的样子。

④薠（fán）：水草名，生湖泽间。骋望：纵目而望。

⑤张：陈设。

⑥苹：集聚。蘋：浮萍之类。

⑦罾（zēng）：渔网。这两句和《湘君》中“采薜荔兮水中，搴芙蓉兮木末”两句的意思相同，都是用一种反常的现象，来比喻所求不得。

⑧芷：白芷，香草名。澧（lǐ）：澧水。

⑨公子：指湘夫人。

⑩荒忽：不分明的样子。

⑪麋：兽名，似鹿且大。

⑫水裔：水边。这两句戴震《屈原赋注》说：“见物之失其居，疑事多反侧。”用来比喻所处失常。

⑬济：渡水。澨（shì）：水边。

⑭偕逝：同往。

⑮葺（qì）：编茅草盖房子。盖：指屋顶。

⑯荪壁：用荪草装饰墙。紫坛：用紫贝铺砌中庭。坛，中庭，楚地方言。

⑰椒：一种香木。

⑱橑（liáo）：屋椽（chuán）。

⑲辛夷：一种香木，初春开花。楣：门上的横梁。药：指白芷。

⑳罔：通“网”，编结。

㉑擗(pǐ)：用手分开。櫋(mián)：当作“幔”，幔是帐子的顶。

㉒镇：压座席的用具。

㉓疏：散布。石兰：兰草的一种，也叫山兰。

㉔缭：缠绕。杜衡：又作杜蘅，香草名。

㉕庑（wǔ）：走廊。

㉖九嶷（yí）：山名，在湖南境内。这里指九嶷山的诸神。缤：繁盛的样子。

㉗灵：神。如云：形容众多。

㉘袂（mèi）：旧说是衣袖，衣袖无法抛弃。

㉙褋（dié）：旧说是短衣，即汗衫。或当作鍱，指环的古名。

㉚搴（qiān）：拔取。

㉛远者：指湘夫人。

㉜骤得：屡次得到。骤，王逸《章句》："骤，数。"

作者信息

屈原（约前340—约前278），名平，字原，又自云名正则，字灵均。战国时楚国政治家，爱国诗人。他是楚王同姓贵族，曾任左徒、三闾大夫等职。屡受谗忌，先后两次被流放。楚国郢都被秦攻破后，自投汨罗江而死。著有《离骚》《九歌》《九章》《天问》等，开创了"骚体"，是古代爱国主义与浪漫主义诗歌的典范。

品鉴

湘夫人出场了，她心念湘君，可对方爽约不来，使她十分伤感；湘君出场了，他隐约看到湘夫人，却无处追寻，为此愁思难消。同在湘水之上，近在咫尺，却似隔千里。在秋风瑟瑟、落叶萧萧、水波动荡的洞庭湖上，这种彼此的思念和等待，让今天的人读来仍觉怆然。

涉江[1]

◉ 题解

《涉江》是《九章》中的一篇。《九章》由《惜诵》《涉江》《哀郢》《抽思》《怀沙》《思美人》《惜往日》《橘颂》《悲回风》九篇作品组成。宋人朱熹认为是后人将屈原的九篇作品辑录为一卷而加上的总名，现代研究者大多同意此说。《九章》内容都与屈原身世有关，有很强的现实性，使用的手法以写实为主，很少《离骚》中那样奇异的幻想。《渔父》也同样具有这样的特点。

余幼好此奇服[2]兮，年既老而不衰[3]。带长铗之陆离[4]兮，冠切云之崔嵬[5]。被明月兮佩宝璐[6]。世溷浊而莫余知[7]兮，吾方高驰[8]而不顾。驾青虬兮骖白螭[9]，吾与重华游兮瑶之圃[10]。登昆仑兮食玉英[11]，与天地兮比寿，与日月兮齐光。哀南夷之莫吾知兮，旦[12]余济乎江湘。

乘鄂渚而反顾兮，欸秋冬之绪风[13]。步余马兮山皋，邸余车兮方林[14]。乘舲船余上沅兮，齐吴榜以击汰[15]。船容与[16]而不进兮，淹回水[17]而凝滞。朝发枉陼[18]兮，夕宿辰阳[19]。苟余心其端直兮，虽僻远之何伤？

入溆浦余儃佪兮[20]，迷不知吾所如。深林杳以冥冥兮，乃猿狖[21]

之所居。山峻高以蔽日兮，下幽晦[22]以多雨。霰雪纷其无垠兮，云霏霏而承宇[23]。哀吾生之无乐兮，幽独处乎山中。吾不能变心以从俗兮，固将愁苦而终穷[24]。

接舆髡首兮，桑扈臝行[25]。忠不必用兮，贤不必以[26]。伍子逢殃兮，比干菹醢[27]。与前世而皆然兮，吾又何怨乎今之人？余将董道而不豫[28]兮，固将重昏[29]而终身。

乱曰：鸾鸟凤凰[30]，日以远兮。燕雀乌鹊，巢堂坛兮[31]。露申辛夷，死林薄[32]兮。腥臊并御，芳不得薄[33]兮。阴阳易位[34]，时不当兮。怀信侘傺[35]，忽[36]乎吾将行兮。

【注释】

①本篇是屈原流放途中所作，记述其渡江南下的历程，故名为《涉江》。

②奇服：奇伟的服饰，用来象征自己与众不同的志向品行。

③衰：减弱。

④铗（jiá）：剑。陆离：参差貌，指剑的高低摆动。

⑤冠：戴。切云：帽子名。崔嵬：高大，高峻。

⑥被：同“披”，戴着。明月：夜明珠。璐：美玉。

⑦溷浊：同“浑浊”。莫余知：“莫知余”的倒装。

⑧高驰：高视阔步地前行。

⑨虬：传说中有角的龙。螭（chī）：无角的龙。

⑩重华：虞舜的名字。瑶：美玉。圃：园。

⑪玉英：玉树之花。

⑫旦：清晨。

⑬乘：登。鄂渚：地名，在今湖北武昌西长江中。欸：叹息声。绪：残余。这两句的意思是，在鄂渚登岸，回头遥望来路，对着秋冬的寒风叹息。

⑭山皋：临水的山。邸：同“抵”，止、到。方林：地名。这两句的意思是，让我的马走上山冈，让我的车来到方林。

⑮舲船：有窗的船。沅：沅水，在湖南。齐：同时并举。吴榜：仿照吴地制的船桨。汰：水波。这两句的意思是，坐着船沿沅水向上游前进，船夫们一齐摇桨划船。

⑯容与：缓慢不前的样子。

⑰淹：停留。回水：回旋的水流。

⑱枉陼：地名，在今湖南常德一带。陼，同“渚”。

⑲辰阳：地名，在今湖南辰溪西。

⑳溆（xù）浦：地名，在今湖南溆浦。儃佪（chán huái）：徘徊。意思是，进入溆浦，我又迟疑起来。

㉑狖（yòu）：长尾猿。

㉒幽晦：阴暗。

㉓霰（xiàn）：雪珠。垠（yín）：边际。霏霏：云气浓重的样子。承宇：同屋檐相接。一说，“宇”是天宇。这两句是说，雪花纷纷飘落，一望无际，浓云密布，好像压着屋檐。

㉔终穷：穷困终生。

㉕接舆：春秋时楚国的隐士，即《论语》里的“楚狂接舆”，因对当时社会不满，剪去头发，表示坚决不与统治者合作。髡（kūn）首：剪去头发。桑扈：古代隐士，即《庄子》里的子桑户。他的异常行为也是不与统治者合作的表示。臝（luǒ）：同“裸”。这两句是说，接舆剪去头发，桑扈裸体走路。

㉖以：用。

㉗伍子：伍子胥，春秋时吴国的大臣。吴王夫差拘囚越王勾践，他劝夫差杀勾践以免后患。夫差不听，最后令子胥自杀。逢殃：遭到灾祸。比干：殷纣时贤臣，因进谏被纣王杀害。菹（zū）醢（hǎi）：把人剁成肉酱的酷刑。

㉘董道：坚守正道。豫：犹豫。

㉙重昏：犹言处于层层黑暗中。

㉚乱：乐章的尾声叫作乱。辞赋里用在篇末，总括全篇思想内容的文字也叫乱。鸾鸟凤凰：祥瑞之鸟，比喻贤才。

㉛燕雀乌鹊：四种凡鸟，比喻小人。这两句同上面两句连用，意思是贤士离位，小人窃居高位。

㉜露申：瑞香花。辛夷：一名木笔，现多用作木兰的别称。林薄：草木丛杂的地方。

㉝御：进用。薄：靠近。

㉞阴阳易位：自然界极端混乱的现象。这里用来比喻当时楚国政治混乱。

㉟怀信侘傺（chà chì）：怀抱着忠诚，不合于众，因而失意。侘傺，失意的样子。

㊱忽：恍惚，茫然。

渔父

屈原既放①，游于江潭，行吟泽畔，颜色憔悴，形容枯槁。渔父见而问之曰："子非三闾大夫②与？何故至于斯？"

屈原曰："举世皆浊我独清，众人皆醉我独醒，是以见放③。"

渔父曰："圣人不凝滞于物④，而能与世推移。世人皆浊，何不淈⑤其泥而扬其波？众人皆醉，何不餔其糟而歠其酾⑥？何故深思高举，自令放为⑦？"

屈原曰："吾闻之：新沐者必弹冠，新浴者必振衣⑧。安能以身之察察⑨，受物之汶汶⑩者乎？宁赴湘流，葬于江鱼之腹中。安能以皓皓之白，而蒙世俗之尘埃乎？"

渔父莞尔而笑，鼓枻⑪而去，乃歌曰："沧浪之水清兮，可以濯吾缨；沧浪之水浊兮，可以濯吾足⑫。"遂去，不复与言。

【注释】

①放：被放逐。

②三闾（lǘ）大夫：楚官职名，掌管与教养楚国屈、景、昭三姓宗族子弟。

③是以见放：因此被放逐。见，表示被动，相当于"被"。

④凝滞于物：受外物所限，只能适应某种客观环境。凝滞，水流不通，这里是拘泥的意思。物，外物。

⑤淈（gǔ）：搅浑。

⑥餔（bū）：食。糟：酒糟。歠（chuò）：同“啜”，饮。釃（lí）：薄酒。

⑦高举：行为高洁，与世不同。自令放为：自己导致被放逐。为，表疑问的语气词。

⑧沐：洗头。浴：洗澡。

⑨察察：清洁貌。

⑩汶（mén）汶：本义是昏暗貌，此作污垢解。

⑪莞尔：微笑貌。鼓：击。枻（yì）：短桨。

⑫沧浪：水名，或说是汉水的支流，或说即汉水。《沧浪歌》又见于《孟子·离娄》，可见是战国时期的流行民歌。清水洗缨，浊水洗足，即上文“不凝滞于物，而能与世推移”的意思。

品鉴

心怀故国，却被谗放逐，诗人怀着一种悲愤哀愁，踏上了流放之途。他峨冠博带，在阴云密布、大雪纷飞、猿狖哀鸣中，发出了深长的叹息。然而，他却从来没有失去自我。襄王二十一年（前 278），秦将白起攻破郢都，屈原悲愤难挨，遂怀着“举世皆浊我独清，众人皆醉我独醒”的悲愤和“宁赴湘流，葬于江鱼之腹中”也不肯放弃理念与俗同流的决绝，自沉于汨罗江中。几千年来，人们始终没有忘记这个高贵的灵魂。时至今日，在因他而形成的端午节包粽子、赛龙舟的节日气氛中，他的事迹仍被人时时提起，他不朽的诗篇也被传诵至今。

七

汉代乐府诗和古诗

HANDAI YUEFU SHI HE GUSHI

汉武帝建立了一个音乐机构叫乐府，由乐府收集来的民歌就叫乐府诗。汉代的乐府诗有“感于哀乐，缘情而发”的特点，有的还带有叙事的功能，如《陌上桑》《孔雀东南飞》（即《焦仲卿妻》）等，它们精练而传神地表达出普通人的精神面貌。在乐府诗的影响下，一些文人也开始用五言诗写作，来抒发自己内心的感受，语言质朴自然，诗意悠久绵长。其中，最杰出的就是被萧统选入《文选》的《古诗十九首》。

汉代乐府诗

⊙ 题解

由于乐府的职能是“采民风，制礼乐”，汉代许多优秀的民歌得以借此保存。汉代人把乐府配乐演唱的诗歌称为“歌诗”，这种歌诗魏晋以后被统一称为“乐府”。汉乐府民歌主要保存在宋人郭茂倩编著的《乐府诗集》里。

陌上桑[1]

日出东南隅[2]，照我秦氏楼。秦氏有好女[3]，自名为罗敷。罗敷喜蚕桑，采桑城南隅。青丝为笼系，桂枝为笼钩[4]。头上倭堕髻[5]，耳中明月珠[6]。缃绮[7]为下裙，紫绮为上襦[8]。行者见罗敷，下担捋髭[9]须。少年见罗敷，脱帽着帩头[10]。耕者忘其犁，锄者忘其锄。来归相怨怒，但坐观罗敷[11]。

使君[12]从南来，五马立踟蹰[13]。使君遣吏往，问是谁家姝[14]？“秦氏有好女，自名为罗敷。”“罗敷年几何?”“二十尚不足，十五颇有余。”使君谢[15]罗敷：“宁可共载不[16]？”罗敷前致辞[17]：“使君一何[18]愚！使君自有妇，罗敷自有夫。”

“东方千余骑[19]，夫婿居上头[20]。何用识夫婿？白马从骊驹[21]，青丝系马尾，黄金络马头[22]。腰中鹿卢剑[23]，可值千万余。十五府小吏，二十朝大夫，三十侍中郎，四十专城居[24]。为人洁白皙，鬑鬑颇[25]有须。盈盈公府步，冉冉府中趋[26]。坐中数千人，皆言夫婿殊[27]。”

【注释】

①本篇在《乐府诗集》中属《相和歌辞·相和曲》。

②隅（yú）：方位。

③好女：美女。

④笼：篮子。系：绳子。钩：篮子的提把。采桑的篮子以青色丝绳系在桂树枝做的把上。

⑤倭（wō）堕髻（jì）：其髻偏于一侧，呈欲堕之状，是汉代妇女的一种时髦发式。

⑥明月珠：大而有光彩的珍珠，用作耳坠。

⑦缃：杏黄色。绮（qǐ）：花绫。

⑧襦（rú）：短袄。

⑨捋（lǚ）：抚摩。髭：口上须。

⑩帩（qiào）头：古代男子包头发的头巾。古人先以头巾束发，再戴帽。帩，同“绡”。这是说少年被罗敷的美貌吸引住了的神态。

⑪坐：因为。这是说男子们因贪看罗敷，耽误了工作，所以回来后互相埋怨。

⑫使君：东汉以来对州长官刺史或郡长官太守的称呼。

⑬五马：古代诸侯驾车用五匹马，汉时太守也用五马。踟蹰（chí chú）：要走不走的样子。

⑭姝（shū）：美女。

⑮谢：问。

⑯共载：同车。这是吏向罗敷道：使君叫我问你，可不可以和他同车走呢？

⑰致辞：回话。

⑱一何：多么。

⑲千余骑：形容随从很多。

⑳上头：前列，形容地位显赫。

㉑何用：凭借什么。骊（lí）驹：黑马。这是说凭借什么来识别我的丈夫呢？只要看骑着白马，后面跟着许多骑着黑马的人的就是。

㉒“青丝”二句：马尾上系青色丝绳，马头上戴黄金络头，表示富贵。

㉓鹿卢剑：古代将长剑的柄做成辘轳形，以便把握，所以叫鹿卢剑。鹿卢，同“辘轳”，汲井水用的滑车。

㉔府小吏：太守府中的小吏。朝大夫、侍中郎：较高的官。专城：一城之主，如刺史和太守。这四句是罗敷夸耀她的丈夫为人很有才能，所以升迁得快。

㉕皙（xī）：白净。鬑（lián）鬑：须长貌。颇：略微。

㉖盈盈、冉（rǎn）冉：都是优雅缓慢的样子。公府步、府中趋：指在官府中走路姿态优美，等于后来所谓踱官步。

㉗殊：特别，出众。

品　鉴

《陌上桑》写采桑女罗敷严词拒绝太守无理调戏的故事，以幽默诙谐的笔调，刻画了一个美丽坚贞、敢于斗争的妇女形象。全诗情节完整，语言生动，形象鲜明。

古诗十九首（二首）

◉ 题解

《古诗十九首》标志着五言诗从以叙事为主的乐府民歌发展到以抒情为主的文人创作，深刻再现了文人在汉末社会思想大转变时期心灵的觉醒与痛苦，抒发了人生最基本、最普遍的情感和思绪。南朝梁刘勰称之为“五言之冠冕”。

行行重行行

行行重行行①，与君生别离②。相去万余里，各在天一涯③。道路阻且长④，会面安可知⑤？胡马依北风，越鸟巢南枝⑥。相去日已远，衣带日已缓⑦。浮云蔽白日，游子不顾返⑧。思君令人老，岁月忽已晚⑨。弃捐勿复道，努力加餐饭⑩。

【注释】

①行行：走啊走啊。重：又。走了又走，即越走越远的意思，与下三、四两句相应。

②生别离：活生生地分开了。

③一涯：犹一边、一方。

④阻：指路上的阻碍。长：指距离遥远。

⑤“会面”句：不知道什么时候才能再会？

⑥依：依恋。越：指南方越族聚居之地，在今福建、两广一带。这两句是说，北方的马依恋北风，南方的鸟巢筑于南枝，可见鸟兽都知道眷怀故土。暗示物犹如此，何况人呢？

⑦已：同“以”。远：长久。缓：松弛。衣带松弛，表明人瘦了。

⑧“浮云”二句：“浮云蔽白日”旧比邪臣蔽贤，这里则用以比喻游子可能在远方另有新欢，所以不想回家。蔽，遮。顾，念。

⑨忽：忽然，快貌。这句是说，一年将尽，岁月无多。

⑩捐：舍弃。勿复道：别再提了。这两句是说，即使自己被抛弃，也不用提了，只希望远方的游子努力加餐，诸多保重。一说，末句是自我安慰之辞。

涉江采芙蓉

涉江采芙蓉①，兰泽多芳草②。采之欲遗③谁？所思在远道④。还顾望旧乡，长路漫浩浩⑤。同心⑥而离居，忧伤以终老。

【注释】

①芙蓉：荷花。

②兰泽：长有兰草的低湿之地。

③遗（wèi）：赠送。古代以赠送芳草给远方的人寄托思念，屡见于《诗经》和《楚辞》。

④远道：远方。

⑤漫：犹漫漫、长。这里是叠字省为单字。浩浩：广大貌。

⑥同心：指夫妻间感情融洽。

品鉴

《行行重行行》抒写了一个女子对远行在外的丈夫的深切思念之情，诗中运用比兴手法表达思妇难言的无限深情，是一首汉末动荡岁月中的相思离乱之歌。

《涉江采芙蓉》采用了“思妇调”的虚拟方式，抒写了故乡妻子思念丈夫的深切忧伤。为表现游子思乡的苦闷，不仅虚拟了全篇的思妇之词，而且在虚拟中又借思妇口吻，悬想出游子“还顾望旧乡”的情景。

汉代是人的自我意识开始觉醒的时代，人们开始追寻个体的存在价值。一批批士人怀着建功立业的梦想离开家乡，踏上宦游之路。然而，梦想成真的毕竟是少数。许多离乡之人面对前途茫茫，思念故土家人，进不能，退不能，失落彷徨中，用诗歌诉说着自己的愁思。于是感时伤乱，哀叹生命短促、人生无常以及离人相思，就成为《古诗十九首》最突出的主题。上面所选两首诗用洗练的语言、比兴的手法，传达出了思念之情。这种全人类共有的永恒感情，穿越千年的时空，直到今天仍能触动我们的心灵。

八

《史记》中的故事

SHIJI ZHONG DE GUSHI

汉武帝时，出现了一部空前的历史巨著，它就是被鲁迅誉为“史家之绝唱，无韵之离骚”的《史记》，作者是司马迁。

《史记》是中国历史上第一部纪传体通史，总共一百三十卷，五十二万余字，全书分十二本纪、十表、八书、三十世家、七十列传。它通古今之变，成一家之言，是我国古代三千年间政治、经济、文化等方面历史的总结。

《史记》又是一部传记文学名著，记载了众多历史人物和历史故事，读来绘声绘色，十分有趣。

毛遂自荐[①]

秦之围邯郸[②]，赵使平原君求救，合从于楚[③]，约与食客门下有勇力文武备具者二十人偕。平原君曰："使文能取胜[④]，则善矣。文不能取胜，则歃血于华屋之下[⑤]，必得定从[⑥]而还。士不外索[⑦]，取于食客门下足矣。"得十九人，余无可取者，无以[⑧]满二十人。门下有毛遂者，前[⑨]，自赞[⑩]于平原君曰："遂闻君将合从于楚，约与食客门下二十人偕，不外索。今少一人，愿君即以遂备员[⑪]而行矣。"平原君曰："先生处胜之门下几年于此矣？"毛遂曰："三年于此矣。"平原君曰："夫贤士之处世也，譬若锥之处囊中，其末立见[⑫]。今先生处胜之门下三年于此矣，左右未有所称诵，胜未有所闻，是先生无所有[⑬]也。先生不能，先生留。"毛遂曰："臣乃今日请处囊中耳。使遂蚤[⑭]得处囊中，乃颖脱而出，非特其末见而已[⑮]。"平原君竟与毛遂偕。十九人相与目笑之而未发也[⑯]。

毛遂比至楚，与十九人论议，十九人皆服。平原君与楚合从，言其利害，日出而言之，日中不决。十九人谓毛遂曰："先生上！"毛遂按剑历阶而上[⑰]，谓平原君曰："从之利害，两言而决耳。今日出而言从，日中不决，何也？"楚王[⑱]谓平原君曰："客何为者也？"平原君曰："是胜之舍人[⑲]也。"楚王叱[⑳]曰："胡不下！吾乃与而[㉑]君言，汝何为者也！"毛遂按剑而前曰："王之所以叱遂者，以楚国之众也。今十步之内，王不得恃楚国之众也，王之命悬于遂手。吾君在前，叱者何也？且遂闻汤以七十里之地王天下[22]，文王以百里之壤而臣诸侯[23]，岂其士卒众多哉，诚能据其势而奋其威。今楚地方五千里，持戟[24]百万，此霸王之资[25]也。以楚之强，天下弗能当。白起[26]，小竖子[27]耳，率数万之众，兴师以与楚战，一战而举鄢、郢[28]，再战而烧夷陵，三战而辱王之先人[29]。此百世之怨[30]，而赵之所羞，而王弗知恶[31]焉。合从者为楚，非为赵也。吾君在前，叱者何也？”楚王曰：“唯，唯[32]！诚若先生之言。谨奉社稷而以从。”毛遂曰：“从定乎？”楚王曰：“定矣。”毛遂谓楚王之左右曰：“取鸡、狗、马之血来！”毛遂奉[33]铜盘而跪进[34]之楚王，曰：“王当歃血而定从，次者吾君，次者遂。”遂[35]定从于殿上。毛遂左手持盘血，而右手招十九人曰：“公相与歃此血于堂下。公等录录[36]，所谓因人成事[37]者也。”

平原君已定从而归，归至于赵，曰：“胜不敢复相士[38]。胜相士多者千人，寡者百数，自以为不失天下之士，今乃于毛先生而失之也。毛先生一至楚，而使赵重于九鼎大吕[39]。毛先生以三寸之舌，强于百万之师。胜不敢复相士。”遂以为上客。

【注释】

①选自《史记·平原君虞卿列传》。题目为编者所加。平原君即赵胜，赵惠文王之弟，初封于平原，故称。毛遂：平原君的食客。

②秦之围邯郸：秦兵进围邯郸的时候。公元前260年，秦将白起大破赵军于长平，公元前258年，秦又进兵围赵都邯郸。

③合从（zòng）于楚：跟楚国订立联合抗秦的盟约。合从，山东六国联合抗秦。从，同“纵”。

④文能取胜：通过和平谈判的手段达成目的。

⑤歃（shà）血：古代订盟约的仪式。取牲血盛于盘中，用口微微吸吞，以表示守信。华屋：漂亮的堂宇，指朝会或议事的地方。这两句是说，如果用和平手段无法办成功，那无论如何也得在大庭广众之下把盟约订妥。意思是想要挟楚王订盟约。

⑥定从：订立合纵的盟约。

⑦士不外索：随从的人员，不必到外面去找。士，这里指随从的文武之士。

⑧无以：无从，没有办法。

⑨前：上前。径自走到平原君面前。

⑩自赞：自我推荐。

⑪备员：凑足人员的数。谦辞。备，充数。

⑫囊：口袋。立：即时。见：通“现”。这两句说，锥子放在袋子里，它的尖梢立即显现出来。

⑬无所有：没有什么（才能）。

⑭蚤：通“早”。

⑮颖：禾穗的芒尖。这两句说，就会像禾穗的芒尖那样，整个锥锋都挺露出来，不只是它的尖端露出来。

⑯“十九人”句：十九人彼此用眼光示意，暗笑毛遂，没把轻视毛遂的话说出口来。

⑰历阶而上：一脚一级超阶而上。依礼应为两脚一级一级上阶，此为情况紧急不遵礼，表示愤怒。

⑱楚王：这里指楚考烈王熊完。

⑲舍人：门下的客人。

⑳叱：高声呵斥。

㉑而：你的。

㉒王天下：统一天下。王，作动词用。

㉓臣诸侯：使诸侯称臣。

㉔持戟：指武装的士兵。戟，兵器名。

㉕霸王之资：争霸称王的资本。资，凭借。

㉖白起：秦国大将。

㉗小竖子：相当于“小子”。这是古代骂人的话，这里有轻视白起的意思。

㉘一战而举鄢(yān)、郢(yǐng)：指公元前279年，秦将白起攻下楚鄢、郢。举，攻下。鄢，在今湖北宜城西南。郢，在今湖北江陵北。

㉙“再战”二句：公元前278年，白起又攻楚，烧了楚国先王的墓地夷陵（在今湖北宜昌东）。再战、三战都是指这件事。先人，祖先。

㉚百世之怨：百世不解的深仇大怨。

㉛恶（wù）：羞耻。

㉜唯，唯：连声应答。

㉝奉：同“捧”。

㉞进：送上。

㉟遂：于是。

㊱录录：同“碌碌”，平庸无能。

㊲因人成事：依赖别人把事情做成功。因，依赖。

㊳相士：鉴别人才。

㊴九鼎：相传为夏禹所铸，象征九州，是夏、商、周三代的国宝。大吕：周庙里的大钟。二者都是贵重的宝器。

作者信息

司马迁（约前 145 或前 135—?），字子长，夏阳（今陕西韩城南）人。西汉史学家、文学家。太史令司马谈之子。司马迁早年受学于孔安国、董仲舒，二十岁时开始游历天下，了解风俗，采集传闻，搜集史料。汉武帝元封三年（前 108），继父职任太史令。太初元年（前 104），开始《史记》的写作。后因替李陵败降之事辩解触怒武帝而遭受宫刑，出狱后任中书令，忍辱负重，发愤著述，完成了《史记》这部伟大的历史巨著。

品鉴

毛遂平日默默无闻，却在关键时刻自告奋勇，以超人的胆识与智慧，成功促成了楚、赵合纵抗秦，使赵国得以保全，留下“以三寸之舌，强于百万之师”的美誉。后来用“毛遂自荐”借指自己推荐自己。

纸上谈兵[1]

后四年[2]，赵惠文王卒，子孝成王立。七年[3]，秦与赵军相距长平[4]。时赵奢[5]已死，而蔺相如病笃。赵使廉颇将攻秦，秦数败赵军，赵军固壁不战。秦数挑战，廉颇不肯。赵王信秦之间。秦之间言曰："秦之所恶，独畏马服君赵奢之子赵括为将耳。"赵王因以括为将，代廉颇。蔺相如曰："王以名使括，若胶柱而鼓瑟耳[6]。括徒能读其父书传[7]，不知合变[8]也。"赵王不听，遂将之[9]。

赵括自少时学兵法，言兵事，以天下莫能当[10]。尝与其父奢言兵事，奢不能难[11]，然不谓善[12]。括母问奢其故，奢曰："兵，死地也[13]，而括易言之[14]。使赵不将括即已，若必将之，破赵军者必括也。"及括将行，其母上书言于王曰："括不可使将。"王曰："何以[15]？"对曰："始妾事其父，时为将，身所奉饭饮而进食者以十数[16]，所友者以百数[17]，大王及宗室所赏赐者尽以予军吏[18]士大夫，受命之日，不问家事。今括一旦为将，东向而朝[19]，军吏无敢仰视之者，王所赐金帛，归藏于家，而日视便利田宅可买者买之。王以为何如其父？父子异心，愿王勿遣。"王曰："母置之[20]，吾已决矣。"括母因曰："王终遣之，即有如不称，妾得无随坐乎[21]？"王许诺。

赵括既代廉颇，悉更约束[22]，易置[23]军吏。秦将白起闻之，纵奇兵[24]，佯败走[25]，而绝其粮道，分断其军为二，士卒离心。四十余日，军饿，赵括出锐卒[26]自搏战，秦军射杀赵括。括军败，数十万之众遂降秦，秦悉坑[27]之。赵前后所亡凡四十五万。明年[28]，秦兵遂围邯郸，岁余，几不得脱[29]。赖楚、魏诸侯来救[30]，乃得解邯郸之围。赵王亦以括母先言，竟不诛也。

【注释】

①选自《史记·廉颇蔺相如列传》。题目为编者所加。

②后四年：指赵国名将赵奢率军于阏与（战国韩邑，后属赵）大破秦军后四年，即公元前266年。

③七年：惠文王卒后七年，当孝成王六年，即公元前260年。

④长平：赵邑名，在今山西高平西北。

⑤赵奢：赵国名将，封马服君。

⑥胶柱而鼓瑟：用胶把瑟的弦柱粘死，无法调松紧，只能弹一个调。此喻赵括只会死读书，不知变通，打不成仗。这两句是说，大王只凭虚名用赵括为将，就像弹奏一个调门的瑟一样，弹不成曲调。

⑦读其父书传：读他父亲留下的兵书。

⑧合变：应变。

⑨将之：派他做将军。

⑩莫能当：没有谁能比得上。当，匹敌。

⑪难（nàn）：驳倒。

⑫不谓善：不以为然。

⑬兵，死地也：用兵作战，是置生命于死地的事。

⑭易言之：把用兵打仗说得轻而易举。

⑮何以：有什么根据？

⑯身：亲身。奉：通“捧”。进：进献。这句是说，被赵奢当作老师尊敬，亲自端上饭食的有几十人。

⑰“所友”句：被赵奢当作朋友以礼相待的有几百人。

⑱军吏：部属。

⑲东向而朝：面东坐下接见部属。古时一般集会以东向为尊，赵括自尊，则不能得死士。

⑳母置之：做母亲的不要管这事。

㉑随坐：连坐受罪。意思是，大王一定要用他的话，如果不称职，请不要株连我。

㉒更：改变。约束：军规，军令。

㉓易置：撤换。

㉔纵奇兵：调遣出敌不意的奇兵出击。

㉕佯败走：假装败逃，诱敌中伏。

㉖锐卒：精兵。

㉗坑：活埋。

㉘明年：第二年，指公元前 259 年。

㉙几不得脱：差点被灭亡。脱，脱难。

㉚赖：幸亏，依靠。魏信陵君、楚春申君救赵，秦兵才解邯郸之围而去。

品　鉴

赵王听信离间之言，重用只会夸夸其谈而无实际经验的赵括作为主将，终致丧师误国，赵国从此一蹶不振，再也无力争霸天下。现用“纸上谈兵”比喻不联系实际情况，空发议论。

九

魏晋南北朝诗

WEIJIN NANBEICHAO SHI

东汉末年，天下大乱，军阀混战，民不聊生。曹操的势力崛起于北方，他和他的儿子曹丕（后来成为魏文帝）、曹植，以及手下的文士，写了许多诗文，形成了“志深而笔长”“梗概而多气”的“建安风骨”。这以后的诗人，如魏晋之际的阮籍、嵇康，西晋时的陆机、潘岳、左思，尤其是东晋时的陶渊明，都有自己的风格和特色，非但能抒发个人的情绪，而且能明显地表达自己的人生态度和独立的精神追求。

蒿里行

曹　操

◎题　解

《蒿里行》属汉乐府《相和歌辞·相和曲》，原为古代送葬时的挽歌。曹操此作是以古题写时事，叙述东汉末年关东郡将领讨伐董卓时的互争权利，以及百姓在战乱中遭到的严重灾难。

关东有义士[①]，兴兵讨群凶。
初期会盟津[②]，乃心在咸阳[③]。
军合力不齐，踌躇而雁行[④]。
势利使人争，嗣还自相戕[⑤]。
淮南弟称号[⑥]，刻玺[⑦]于北方。
铠甲生虮虱，万姓以[⑧]死亡。
白骨露于野，千里无鸡鸣。
生民百遗一[⑨]，念之断人肠。

【注释】

①关东：函谷关以东。义士：起兵讨伐董卓的各地军阀。

②期：期冀。盟津：地名，又作“孟津”，在今河南孟州。相传是周武王伐纣时会集诸侯的地方。这里借用典故，表示对伐董卓的期望。

③乃：其，指义士。咸阳：秦王朝都城，此借指长安，当时献帝被挟持到长安。

④雁行（háng）：雁群飞行时一字排列状态。这里指讨伐董卓的军队列阵观望。

⑤嗣：随后。戕（qiāng）：杀害。

⑥淮南弟：袁绍的从弟袁术。称号：建安二年（197），袁术在淮南（今安徽寿县）自立为帝。

⑦刻玺：初平二年（191），袁绍刻金印，阴谋废献帝，立幽州牧刘虞为皇帝。

⑧以：因而。

⑨百遗一：一百人中只剩下一人。

作者信息

曹操（155—220），字孟德，小字阿瞒，沛国谯（今安徽亳州）人。东汉末年著名的军事家、政治家和诗人。他精通音律，善作诗歌，其文多抒发政治抱负，并反映汉末人民苦难生活，慷慨悲凉。

品鉴

明朝有位著名的诗评家钟惺，他评价这首诗说：“汉末实录，真诗史也。”之所以为史，是因为它形象鲜明地写出了军阀混战所造成的社会惨象。“白骨露于野，千里无鸡鸣”，语言直白，苍凉沉痛，那种伤时悯乱的情绪给读者以强烈的震撼。

全诗气韵沉雄，笔力简劲，展现了诗人怜世悯人的阔大胸襟、疾恶如仇的英雄意气和古直悲凉的艺术风格。

苦寒行

曹操

◉ 题解

宋郭茂倩《乐府解题》："晋乐奏魏武帝《北上篇》（即《苦寒行》），备言冰雪溪谷之苦。"此诗大约作于建安十一年（206）春正月，是年袁绍外甥高干降操后又叛，故征之，诗作于征战途中。

北上太行山①，艰哉何巍巍！
羊肠坂诘屈②，车轮为之摧。
树木何萧瑟！北风声正悲。
熊罴③对我蹲，虎豹夹路啼。
溪谷少人民，雪落何霏霏④！
延颈⑤长叹息，远行多所怀。
我心何怫郁⑥？思欲一东归。
水深桥梁绝，中路正徘徊。
迷惑失故路，薄暮所宿栖。
行行日已远，人马同时饥。
担囊行取薪⑦，斧冰持作糜⑧。
悲彼《东山》诗⑨，悠悠使我哀。

【注释】

①太行山：起自河南济源，北入山西晋城，又延至河北。曹操从邺城（今河北临漳西南）率军前往攻打高干拒守的壶关（今山西长治东南），得翻越太行山。

②羊肠坂：太行山上的坂道，盘曲如羊肠，故名。坂，斜坡。诘屈：盘旋曲折。

③罴（pí）：一种大熊。

④霏霏：雪下得很大的样子。

⑤延颈：伸长脖颈，眺望远方。

⑥怫（fú）郁：愁闷。

⑦行取薪：边走边拾柴。

⑧“斧冰”句：谓以斧破冰，取水煮粥。持，以。糜（mí），稀饭。

⑨《东山》：《诗经·豳风》篇名，诗写戍卒怀念故乡的深情。诗中有云：“我徂东山，慆慆不归。”

品　鉴

诗中先写太行山险峻、荒寒及所出没猛兽之凶残，接下来诉行军之艰辛，最后又自比周公，盼天下归心。全诗融叙事、写景、抒情为一体，抒发了诗人关怀士卒的体恤之情，反映了诗人削平割据、实现统一的愿望。

宋人真德秀《文章正宗》对曹操诗歌颇多苛评，唯于此篇云：“犹有悯劳恤下之意。”

燕歌行（其一）

曹丕

◉ 题解

《燕歌行》属《相和歌辞·平调曲》，歌行前冠以地名，本来是突出其乐调的地方特点，后来作者便多利用其既成风格，来展现各地风土人情。“燕”为北方边地，征战不休，所以《燕歌行》多写离别。

秋风萧瑟①天气凉，草木摇落②露为霜。
群燕辞归雁③南翔，念君客游思断肠。
慊慊④思归恋故乡，何为淹留⑤寄他方？
贱妾茕茕守空房，忧来思君不敢忘，不觉泪下沾衣裳。
援琴鸣弦发清商⑥，短歌微吟不能长。
明月皎皎照我床，星汉西流夜未央⑦。
牵牛织女遥相望，尔独何辜限河梁⑧？

【注释】

①萧瑟：冷风吹树木声。

②摇落：凋落。

③雁：或作“鹄”。

④慊（qiàn）慊：空虚之感。一说失意不平的样子。

⑤淹留：久留。

⑥援：拿。清商：乐调名称，音节短促。

⑦央：尽。

⑧尔：指牵牛、织女。辜：故，或作罪讲。限河梁：指阻隔在银河两边。限，阻隔。梁，桥。

作者信息

曹丕（187—226），字子桓，沛国谯（今安徽亳州）人。三国时期政治家、文学家。曹魏开国皇帝，曹操次子。尤擅五言诗，与其父曹操和弟曹植并称“建安三曹”。所作《典论·论文》为我国文学批评史上重要著作。

品鉴

《燕歌行》是今存最早的一首完整的七言诗，描写了女子思念羁旅在外的丈夫，是言情的名作。全诗语言清丽，情景交融，把思妇对丈夫真挚的思念和独守空房的寂寞苦闷表现得缠绵绯恻，凄婉动人。

送应氏[①]（其一）

曹植

◎ 题解

《送应氏》共二首，是曹植在建安十六年（211）随曹操西征马超，路过洛阳送别应氏兄弟时所作。本篇写的是洛阳遭董卓之乱后的荒凉景象。

步登北邙阪，遥望洛阳山[②]。
洛阳何寂寞，宫室尽烧焚[③]。
垣墙皆顿擗，荆棘上参天[④]。
不见旧耆老，但睹[⑤]新少年。
侧足无行径，荒畴不复田[⑥]。
游子久不归，不识陌与阡[⑦]。
中野[⑧]何萧条，千里无人烟。
念我平生亲，气结[⑨]不能言。

【注释】

①应氏：指汝南应玚（字德琏）、应璩（字休琏）兄弟，俱为建安诗人。

②北邙（máng）：山名，在洛阳城北。北邙山为汉时王公贵族陵墓群集之地，故易引起文人的感慨。阪（bǎn）：斜坡。洛阳山：指洛阳周围的

山峰。洛阳城北有邙山，南有伊阙、龙门。因自北邙望之，故曰遥望。

③宫室尽烧焚：后汉初平元年（190）二月，董卓徙献帝都长安，纵兵焚烧洛阳宫殿。

④顿：塌坏。擗（pǐ）：分裂。参天：高接天。董卓焚烧洛阳在初平元年（190），距离作此诗已二十几年，所以有“荆棘上参天”的景象，极写洛阳之荒凉。

⑤耆（qí）老：老年人。睹：看见。

⑥径：小路。荒畴：荒芜了的土地。田：耕种，用作动词。

⑦游子：指应氏兄弟。陌与阡：田间小路，东西为陌，南北为阡。

⑧中野：郊野之中。

⑨平生亲：指应氏家人。一作“平常居”。气结：因悲哀而气郁结。

作者信息

曹植（192—232），字子建，沛国谯（今安徽亳州）人。曹操第三子，曹丕同母弟。被封为陈王，谥号“思”，世称陈思王。三国时期著名文学家，建安文学的代表人物，代表作有《洛神赋》《白马篇》《七哀诗》等。南朝宋文学家谢灵运对其有“天下才有一石，曹子建独占八斗”的崇高评价。

品鉴

战火无情，昔日繁华美丽的洛阳成为废墟，四望荒草茂盛、人迹萧条，此景此情令人感伤。“荆棘上参天”“千里无人烟”等典型而夸张的描写极具感染力，反映了战争给社会和人民带来的沉重灾难。全诗语言质朴，感情真实，表现了诗人忧国忧民的情怀。

白马篇

曹植

◉ 题解

《白马篇》是曹植自创的乐府新题，也是他前期的代表作品，描写的是边塞游侠捐躯赴难、奋不顾身的英勇做派。

白马饰金羁，连翩[①]西北驰。
借问谁家子，幽并[②]游侠儿。
少小去乡邑，扬声沙漠垂[③]。
宿昔秉良弓，楛矢何参差[④]。
控弦破左的，右发摧月支[⑤]。
仰手接飞猱，俯身散马蹄[⑥]。
狡捷过猴猿，勇剽若豹螭[⑦]。
边城多警急，虏骑数迁移[⑧]。
羽檄从北来，厉马[⑨]登高堤。
长驱蹈匈奴，左顾凌[⑩]鲜卑。
弃身锋刃端，性命安可怀[⑪]？
父母且不顾，何言子与妻！
名编壮士籍，不得中顾[⑫]私。

捐躯赴国难⑬，视死忽如归。

【注释】

①金羁：金饰的马笼头。连翩：飞奔不停。

②幽并：幽州、并州。幽州约在今河北北部和北京一带地区，并州约在今山西中北部、河北中部一带地区。古时两地多出游侠之人。

③去：离开。垂：通“陲”，指边疆地区。幽、并二州与西北沙漠地区接壤，故与匈奴和鲜卑为邻。

④宿昔：通“夙夕”，言早晚经常如此。秉：持。楛（hù）矢：用楛木做的箭。参差：长短不齐，此指箭的数量很多。

⑤控弦：张弓。的：箭靶。摧：射裂。月（ròu）支：一种箭靶，又名素支。

⑥仰手：举手。接：迎射。猱（náo）：猿类，善攀树木，轻捷如飞，故称“飞猱”。散：射碎。马蹄：箭靶名。

⑦剽（piāo）：剽悍。螭（chī）：传说中的动物，其形似龙。

⑧虏骑：指匈奴、鲜卑的骑兵。迁移：指兴兵入侵。

⑨羽檄（xí）：军事文书，插鸟羽以示紧急，必须快速传递。厉马：策马。

⑩蹈：践踏，此指冲击。凌：压制。

⑪弃身：置身。弃，当作“寄”。怀：怜惜。

⑫籍：名册。顾：念。

⑬捐躯：献身。国难：此指抵御匈奴、鲜卑之事。

品 鉴

《白马篇》以曲折动人的情节描写边塞游侠儿捐躯赴难、奋不顾身的英勇行为，塑造了一个武艺高强、勇敢无畏、忠心无私的游侠少年形象。人们多认为此诗是诗人借游侠以自况，抒发自己建功立业的理想与抱负。诗中多用铺陈、对偶的句式，风格雄放，慷慨激昂。

杂诗

曹　植

南国有佳人，容华若桃李。
朝游江北岸，夕宿潇湘沚①。
时俗薄朱颜②，谁为发皓齿③？
俯仰④岁将暮，荣耀难久恃⑤。

【注释】

①潇湘：两水名。均在今湖南省境内。沚：小洲。这两句比喻迁徙不定。

②朱颜：美好的容貌。

③发皓齿：指开口唱歌。

④俯仰：俯仰之间。形容时间短暂。

⑤恃：依靠。

品　鉴

南国佳人，艳若桃李，自由自在，本该令人羡慕，却因“时俗薄朱颜”而不被世人看重。不经意之间，她容颜渐衰，美人迟暮，更难为人所赏识。

诗人以佳人自喻，以佳人艳若桃李的容貌喻自己杰出的才能。空有绝世才华却不被世俗所看重，无法得到施展，如今已到迟暮之年，只能留下老之将至的深沉感慨与忧思。

咏史（其二）

左　思

◎ 题解

左思创作的《咏史》组诗共八首，名为“咏史”，实际上是借评论古人旧事来抒发心中的愤懑不平。组诗以浓厚的社会内容，熔铸着诗人的平生理想，是研究左思的重要资料。

郁郁[①]涧底松[②]，离离[③]山上苗。
以彼径寸茎，荫此百尺条[④]。
世胄[⑤]蹑[⑥]高位，英俊沉下僚[⑦]。
地势使之然，由来非一朝[⑧]。
金张藉旧业，七叶珥汉貂[⑨]。
冯公岂不伟，白首不见招[⑩]。

【注释】

①郁郁：茂密的样子。

②涧底松：比喻才高位卑的寒士。涧底，谷底。

③离离：下垂的样子。

④“以彼”二句：柔弱的山上苗遮蔽了高大的涧底松。彼，指山上苗。径寸茎，一寸粗的茎干。荫，遮蔽。此，指涧底松。

⑤世胄（zhòu）：世家子弟。胄，后裔。

⑥蹑：登。

⑦下僚：低级官吏。

⑧“地势”二句：世胄和英俊所处情况，正与松、苗相似，是地势使它们如此，并非一朝一夕变成这样。然，这样，如此。

⑨“金张”二句：金、张两家的子弟凭借祖先的功业，显赫七代。金张，指金日（mì）磾（dī）和张汤。金家自汉武帝到汉平帝，七代为内侍；张家自汉宣帝以后，有十余人为侍中、中常侍。珥，插。汉貂，汉代侍中、中常侍的帽子上皆插貂尾。

⑩“冯公”句：当年的冯唐不就是一个伟岸杰出的人物吗？可到了满头白发的老年，依然得不到重用。冯公，汉文帝时的名士冯唐，才能出众却不被重用，年近九十还屈居低微的官职。

作者信息

左思（约250—约305），字太冲，齐园临淄（今山东临淄）人。西晋文学家，以《三都赋》名显当时，造成“洛阳纸贵”。他出身寒门，不喜交游，仕途不得意，因此对当时门阀世族霸持政权的现实深为不满。

品鉴

百尺苍松处于涧底，径寸小苗却高踞山上，影子还要挡住苍松。诗人以这种反常的自然现象比兴，将“世胄蹑高位，英俊沉下僚”这一畸形的社会现象鲜明地突显出来。

诗人以物喻人，借古喻今，猛烈地抨击了门阀制度对人才的压制，倾诉了贫寒之士怀才不遇、报国无门的愤懑之情。

归园田居

陶渊明

◉ 题解

《归园田居》组诗共五首，描写了陶渊明逃离污浊的官场与世俗的束缚，辞官归隐，躬耕田园的生活和感受。

少无适俗韵①，性本爱丘山。
误落尘网②中，一去三十年。
羁鸟③恋旧林，池鱼思故渊。
开荒南野际，守拙④归园田。
方宅十余亩，草屋八九间。
榆柳荫后檐，桃李罗⑤堂前。
暧暧⑥远人村，依依⑦墟里⑧烟。
狗吠深巷中，鸡鸣桑树巅。
户庭无尘杂，虚室⑨有余闲。
久在樊笼⑩里，复得返自然。

【注释】

①适俗韵：适合世俗的性情。

②尘网：尘世的网。指仕途。

③羁鸟：指被束缚于笼中的鸟。

④守拙：安于愚笨。指不善为官，即不会取巧逢迎之意。

⑤罗：排列。

⑥暧暧：朦胧不清晰。

⑦依依：轻柔的样子。

⑧墟里：村落。

⑨虚室：静室。

⑩樊笼：关鸟兽的笼子。喻官场生活。

品 鉴

本诗以追悔自己“误落尘网”“久在樊笼”的压抑与痛苦开始，以庆幸自己终“归园田”、复“返自然”的惬意与欢欣结束。诗人用平淡自然的语言，描绘了一派宁静祥和的田园风光，表达了自己对污浊官场的厌恶和对田园生活的向往与陶醉。

杂诗

陶渊明

◉ 题解

陶渊明《杂诗》共十二首，前八首多述年渐衰欲自励之意，后四首写行役之事。慨叹人生之无常，感喟生命之短暂，是这组杂诗的基调。

其一

人生无根蒂①，飘如陌上尘。
分散逐风转，此已非常身②。
落地为兄弟，何必骨肉亲③！
得欢当作乐，斗酒聚比邻④。
盛年不重来，一日难再晨。
及时当勉励，岁月不待人⑤。

【注释】

①蒂（dì）：花或瓜果跟枝茎相连的部分。此指事物的本源。

②非常身：不是经久不变的身，即不再是盛年壮年之身。

③落地：刚生下来。此身既然已非常身，何必非要骨肉同胞才能相亲呢？即谓人生在世就应视同兄弟。

④斗：酒器。比邻：近邻。这两句说，遇有欢庆之事，则应作乐，邀聚近邻共同欢饮。

⑤“及时”二句：趁着盛年之时应当勉励自己，岁月流逝，是不会等待人的。

其二

白日沦西阿，素月出东岭①。
遥遥万里辉，荡荡空中景②。
风来入房户③，夜中枕席冷。
气变悟时易，不眠知夕永④。
欲言无予和，挥杯劝孤影⑤。
日月掷人去，有志不获骋⑥。
念此怀悲凄，终晓不能静⑦。

【注释】

①沦：沉。阿：山岭。素：白。

②荡荡：广大空旷的样子。景：光色。

③房户：房门。

④“气变”二句：气候起了变化，因而意识到季节也变了，不能入睡，才体认到夜是多么漫长。

⑤“欲言”二句：很想倾吐内心的隐衷，但是没有人听我谈论，只能

举起酒杯劝自己的影子喝酒。

⑥“日月”二句：日月抛人而去，我虽有志向，但不能实现。骋，驰骋。此谓施展。

⑦“念此”二句：想到这些事不禁满怀悲凄，心中彻夜不能平静。终晓，直到天亮。

品 鉴

其一起笔慨叹人生无常，生命短暂，继而稍稍振起，写执着地在生活中寻找友爱与欢乐。结尾“及时当勉励，岁月不待人”二句成为后人勉励自己及他人奋发向上的金句。

其二以环境的清冷衬托诗人孤独的心情，抒发了因岁月流逝、人生有限而产生的壮志难酬的悲哀。

咏荆轲[1]

陶渊明

题解

这首诗同《咏三良》《咏二疏》为陶渊明著名的三首咏史诗，表现了陶渊明“怒目金刚”的一面。

燕丹善养士，志在报强嬴[2]。
招集百夫良，岁暮得荆卿[3]。
君子死知己，提剑出燕京[4]。
素骥鸣广陌，慷慨送我行[5]。
雄发指危冠，猛气冲长缨[6]。
饮饯易水上[7]，四座列群英。
渐离击悲筑，宋意唱高声[8]。
萧萧哀风逝，淡淡寒波生[9]。
商音更流涕，羽奏壮士惊[10]。
公知去不归，且有后世名[11]。
登车何时顾，飞盖入秦庭[12]。
凌厉越万里，逶迤过千城[13]。
图穷事自至，豪主正怔营[14]。

惜哉剑术疏，奇功遂不成[15]。

其人虽已没，千载有余情[16]。

【注释】

①荆轲：战国末期卫国人，著名刺客，也称庆卿、荆卿、庆轲。荆轲好读书击剑，为人慷慨侠义，游历到燕国，由燕处士田光举荐给太子丹。后受太子丹所遣，携燕督亢地图和樊於期首级，入秦刺秦王嬴政。荆轲见秦王，献上地图，“图穷而匕首见”，刺杀失败，被杀。（见《史记·刺客列传》）

②“燕丹”二句：燕丹，燕国太子，名丹。士，此谓春秋战国时诸侯的门客。嬴，即秦国，秦王姓嬴。这两句说燕太子丹很好地供养门客，目的在于向秦王报仇。

③“招集”二句：百夫良，百里挑一的勇士。这两句说燕丹招募勇士，年终得到荆轲。

④“君子”二句：荆轲抱着“士为知己者死”的精神，提剑离开燕国京都，到秦国去为燕太子丹报仇。

⑤“素骥”二句：素骥，白色骏马。广陌，大道。我，拟荆轲自称。这两句说白色骏马在大路上嘶叫，燕丹等人慷慨送别。

⑥“雄发”二句：危冠，高冠。长缨，用以系冠的丝带。这两句极力形容荆轲的激动情状。

⑦“饮饯”句：饮饯，喝酒送别。易水，在今河北易县西，东流至定兴县西南。

⑧“渐离”二句：渐离，高渐离，燕人，荆轲至交，善击筑。“筑”是古代一种乐器，形似筝，十三弦，颈细而曲，以竹鼓之。宋意，燕国勇士。这两句说高渐离击筑，宋意高歌。

⑨“萧萧”二句：从“风萧萧兮易水寒”化出，写送别时悲凉的气氛。

⑩“商音”二句：商音、羽奏指商声和羽声。古代乐调分宫、商、角、徵、羽五声，亦名五音。这两句意谓悲凉的商音让人忍不住流泪，激越的羽声叫壮士也觉惊心。

⑪“公知”二句：荆轲心里知道此去必死，但可传名于后世。此从“壮士一去兮不复还”化出。

⑫“登车”二句：盖，车盖。这两句说荆轲登车而去，再也没有回头看看，就一直飞驰入秦。

⑬“凌厉”二句：凌厉，勇往直前貌。逶（wēi）迤（yí），曲折绵长貌。这两句说荆轲勇往直前地飞越万里，曲曲折折地经过了许多城池。

⑭“图穷”二句：图，即指燕国地图。穷，尽。事，谓谋刺事。豪主，谓秦王。怔营，惊恐貌。这两句说地图张开到尽头，谋刺之事自然就发生了，当时秦王十分惊恐。

⑮“惜哉”二句：疏，生疏。剑术疏，谓剑术不精。史载荆轲剑术不佳，曾与盖聂论剑，不称盖意。荆轲死后，鲁人句践惋惜地说：“嗟乎！惜哉其不讲于刺剑之术也。”上句即用此语。奇功，谓刺秦王之举。这两句叹息荆轲剑术不精，以致奇功不成。

⑯“其人”二句：其人，即谓荆轲。这两句是诗人慨叹之语，说荆轲虽死，但千年以后，仍能感受到他的无尽豪情。

品鉴

《咏荆轲》是一首借史咏怀、托古言志的咏史诗，以极大的热情歌颂了荆轲刺秦王的壮举，充分表现了诗人对黑暗政治的憎恶和铲除强暴势力的愿望。

诗中浓墨重彩地描绘了易水送别这一最具悲壮感的场景，悲壮的筑声、高昂的歌声、萧萧的风声、涌动的寒波相互激发，极其强烈地表达出“壮士一去兮不复还”的英雄主题。

梅花落

鲍　照

◉ 题解

《梅花落》属汉乐府《横吹曲》。郭茂倩《乐府诗集》曰："《梅花落》本笛中曲也。"《乐府解题》言，汉《横吹曲》共二十八解，李延年造。魏晋以后唯传十八曲。《梅花落》即其一。

中庭多杂树，偏为梅咨嗟①。
问君何独然②？念其③霜中能作花，露中能作实。
摇荡春风媚春日，念尔④零落逐寒风，徒有霜华无霜质⑤。

【注释】

①咨嗟：赞叹。

②何独然：何以独独如此。

③其：指梅花。

④尔：指杂树。

⑤徒有：空有。霜华：在霜中开花。霜质：耐寒的本质。

作者信息

鲍照（约 414—466），字明远，东海（今山东郯城一带）人。南朝宋文学家。出身贫寒，曾做过临海王刘子顼的前军参军，故世称鲍参军。后因刘子顼谋反而死于乱军之中。擅长写乐府诗，其七言诗对唐代诗歌影响重大。有《鲍参军集》传世。

品鉴

学者萧涤非曾如此评价鲍照："位卑人微、才高气盛，生于昏乱之世，奔走于生死之路。"鲍照生活在门阀士族当权的时代，一生关心国家命运，却因家世贫贱郁郁不得志。他也曾发出"地势使之然"之类的感慨，但在《梅花落》中却将目光由对环境的批判转向对自身人格的期许。

在我国的传统文化中，梅花是高洁、傲骨的象征。鲍照在诗中歌颂了梅花不畏严寒的坚贞品格，以梅自喻，托物言志，表达了自己不愿随波逐流的志趣。

王孙游

谢朓

◎ 题解

《王孙游》属《乐府诗题·杂曲歌辞》，诗题取意于《楚辞·招隐士》：“王孙游兮不归，春草生兮萋萋。”诗句以暮春草长的景象衬托怀念友人的缱绻情绪，十分动人。后世许多诗人都借春草抒发怀人之意。如唐白居易《赋得古原草送别》“又送王孙去，萋萋满别情”，五代李煜《清平乐》“离恨恰如春草，更行更远还生”。

绿草蔓①如丝，杂树红英②发。
无论③君不归，君归芳已歇④。

【注释】

①蔓：蔓延。

②红英：红花。

③无论：不用说。

④歇：尽。

作者信息

谢朓（464—499），字玄晖，陈郡阳夏（今河南太康）人。南朝齐诗人。与“大谢”谢灵运同族，所以被称为“小谢”。曾做过宣城太守，世称谢宣城。他生活于政局混乱的齐代，被陷害下狱致死，死时年仅三十六岁。谢朓长于五言诗，多描写自然景物，风格清新，辞采流美，声律协畅，是当时“永明体”的倡导者与代表作家，对唐代律诗、绝句的形成有重要影响。后人辑有《谢宣城集》。

品鉴

绿草如丝、红花灿烂，绿的氛围、红的点染，窈窕少女目睹此景不由怦然心动。诗人不主要写少女如何急切地等待情人，而是着重写她对于红花的珍惜，对于春色的留恋，由此传导出她思君、恋君的情愫。“无论君不归，君归芳已歇”是指：不要说不回来，即使是回来了，花儿也已经枯萎凋谢了。“芳”指花，也暗指少女的青春。如此写来，把主人公的心态从一般的少女怀春升华到了一种对春的珍惜、对时的留恋，渗透出一种强烈的时间意识和生命意识。

重别周尚书

庾 信

◎ 题 解

周尚书即周弘正，梁元帝时为左户尚书，后出使西魏，时值西魏灭梁，于是羁留北方。陈文帝天嘉三年（562）自周南还。庾信已先有《别周尚书弘正》相赠，所以本诗题为《重别周尚书》。庾信以周弘正在梁朝时的旧官职“尚书”来称呼周，不仅表达恋旧，也表达了他对陈朝禅梁的不认可。

阳关①万里道，不见一人归。
唯有河边雁，秋来南向飞。

【注释】

①阳关：地名。今甘肃敦煌西南，玉门关以南，是出塞必经之地。此处代指长安。诗人比喻自己羁留长安，犹如在阳关之外。

作者信息

庾信（513—581），字子山，南阳新野（今属河南）人。南北朝时期文学家。其父庾肩吾为南梁中书令，以文才闻名。庾信从小跟着父亲出入宫廷，十五岁时为太子萧统的东宫讲读。早年写了一些浮艳的诗歌，与徐陵齐名，诗体称为“徐庾体”。552年，萧绎（即梁元帝）即位后，任右卫将军。554年，奉命出使西魏。庾信抵达长安不久，西魏攻克江陵，杀萧绎，庾信被留在长安。屈节敌国后，庾信虽身居高位，但常有乡关之思，诗赋大量抒发自己对故国乡土的思念，对身世的感伤，风格转为苍劲、悲凉。有《庾子山集》传世。

品 鉴

诗人羁留北方时送别同僚南归，借送别友人回归故国之际，抒写了自己回归无望的悲怆和对故国的思念。眼见身边之人都陆续南归，唯有诗人一人不得回家，“不见一人归”一句流露出无比的辛酸与无奈。鸿雁南归既喻周弘正南归，羡慕之情油然而生；又与诗人自己形成鲜明对比，雁儿都能归家，人却无法归家，愈见诗人内心的悲怆与伤感。

十

魏晋南北朝文

WEIJIN NANBEICHAO WEN

魏晋以后，散文从诸子百家的哲理文字和史传文字中独立出来，形成了抒发个人心情或表达一己见解的小品文，它们往往使用骈俪的体裁，句子两两相对，灵巧而又典雅，既显示了个人的性灵，又蕴含着学问和哲理。这种文体和风格影响了唐、宋、元、明、清各代文学。与此同时，也有记人、叙事、状物的散体文章，有的写得十分简洁传神，成为后世笔记文学的楷模，南朝刘义庆的《世说新语》即是一例。

五柳先生传

陶渊明

◎ 题解

这是一篇用史传体写的自传性散文。五柳先生即作者自己。

东晋末年，政治黑暗，风气污浊，很多人不择手段地追名逐利，一时虚伪与欺诈风行。陶渊明做过几任小官，因对官场不满，辞归田园，过着俭朴的生活。他隐居农村后，自号“五柳先生”，亲自从事耕种，与农人交朋友。

先生不知何许[①]人也，亦不详其姓字。宅边有五柳树，因以为号焉。闲静少言，不慕荣利。好读书，不求甚解[②]，每有会意[③]，便欣然忘食。性嗜酒，家贫，不能常得。亲旧知其如此，或置酒而招之。造[④]饮辄尽，期在必醉。既醉而退，曾不吝情[⑤]去留。环堵萧然[⑥]，不蔽风日。短褐穿结[⑦]，箪瓢[⑧]屡空，晏如[⑨]也。常著文章自娱，颇示己志。忘怀得失，以此自终[⑩]。

赞[⑪]曰：黔娄[⑫]之妻有言：“不戚戚[⑬]于贫贱，不汲汲[⑭]于富贵。”其言兹若人之俦[⑮]乎？衔觞[⑯]赋诗，以乐其志，无怀氏之民欤？葛天氏之民欤[⑰]？

【注释】

①何许：何处。

②甚解：过分的理解。

③会意：有心得体会。陶渊明《与子俨等疏》："开卷有得，便欣然忘食。"与此同义。

④造：来到。

⑤吝情：吝惜，舍不得。

⑥环堵：四周墙壁。萧然：空空无物。

⑦褐：粗麻布。穿：破。结：打结。

⑧箪（dān）：古代盛饭的圆形竹器。瓢：舀水的葫芦。

⑨晏如：安然自得的样子。

⑩自终：过完自己的一生。

⑪赞：史传体例，是史官评论传主的结语。

⑫黔娄：春秋时鲁国的高士，不求仕进，独善其身。

⑬戚戚：忧愁。

⑭汲汲：竭力求取。

⑮其：句首语气词，表推测。兹：这。若人：此人，指五柳先生。俦：同类。这句话的意思是，这话大概说的是五柳先生这一类人吧？

⑯衔觞：口含酒杯，指饮酒。

⑰无怀氏、葛天氏：传说是上古帝王，当为原始氏族部落首领。这里指上古原始淳朴社会阶段，是作者的社会理想。

品鉴

文中叙写五柳先生的三大志趣，一是读书，二是饮酒，三是写文章，着重突出其“不戚戚于贫贱，不汲汲于富贵”的安贫乐道精神和任真自得的性情。这位悠然自得、自娱自乐的五柳先生，便是作者自己的真实写照。

世说新语（三则）

刘义庆

题解

《世说新语》是南朝宋刘义庆编撰的一部笔记体小说集。书中主要记载东汉末年到魏晋时期士族阶层的遗闻、逸事、琐语，以晋代为主。刘义庆杂采众书，把他认为有价值的趣闻逸事搜集起来，按内容分门别类，划为德行、言语、政事等共三十六门，为后人了解时人的生活方式、精神面貌、思想趣味提供了重要的资料。鲁迅先生称其为“一部名士的教科书”。

作者信息

刘义庆（403—444），彭城（今江苏徐州）人。南朝宋著名文学家。为刘宋宗室，历任重职，喜好文辞。

华王优劣[①]

华歆、王朗俱乘船避难，有一人欲依附，歆辄难[②]之。朗曰：“幸尚宽，何为不可？”后贼追至，王欲舍所携人。歆曰：“本所以疑[③]，正为此耳。既已纳其自托[④]，宁可以急相弃邪！”遂携拯如初。

世以此定华、王之优劣。

【注释】

①选自《世说新语·德行》。华歆、王朗均为汉魏之际的名士。

②辄：立即、就。难：为难，拒绝。

③疑：迟疑、犹豫不决。

④纳其自托：接受了他托身的请求，指同意他搭船。

品 鉴

王朗一开始虽乐于助人，但在危难之时，却言而无信，背信弃义。反观华歆，最初就审慎地抉择是否帮助别人，一旦决定帮助，就信守诺言，不离不弃。二者人品高下，不言而喻。

魏武将见匈奴使[①]

魏武将见匈奴使，自以形陋，不足雄[②]远国，使崔季珪[③]代，帝自捉刀立床头[④]。既毕，令间谍问曰："魏王何如?"匈奴使答曰："魏王雅望非常，然床头捉刀人，此乃英雄也。"魏武闻之，追杀此使[⑤]。

【注释】

①选自《世说新语·容止》。魏武：曹操。下文的帝、魏王都是指曹操，因为他生前封魏王，谥号是武，曹丕称帝后，追尊他为武帝。

②雄：称雄，显示威严。

③崔季珪：崔琰，字季珪，在曹操手下任职。他仪表堂堂，十分威严。而据刘孝标注引《魏氏春秋》，曹操却是“姿貌短小”。

④捉刀立床头：指曹操手持刀剑作为卫士立在坐床边上。

⑤曹操认为匈奴使已经识破了他的野心和做法，就派人去杀掉那个使臣。

品　鉴

但凡为人，身份可以冒充、角色可以客串、举止可以模仿，内在的精神气质却无法复制。英雄自有英雄的气质风度，故曹操的不同凡响自然也不能被“床头捉刀人”的身份所遮掩。匈奴使者独具慧眼，看得分明，让人想见其国中有人，未可小觑。

陶母封鲊①

陶公少时作鱼梁吏②，尝以坩鲊饷③母。母封鲊付使，反书④责侃曰：“汝为吏，以官物见饷，非唯不益，乃增吾忧也。”

【注释】

①选自《世说新语·贤媛》。

②鱼梁吏：掌管渔政的官吏。《晋书·列女传》载，陶侃任寻阳县吏时，曾监管鱼梁。

③坩（gān）：陶器、瓦罐。鲊（zhǎ）：鱼制品，如腌鱼、糟鱼之类。饷：赠送。

④反书：回信。

品　鉴

陶侃幼年丧父，家境贫寒，与母亲相依为命。陶母靠纺织供养陶侃读书，还严格教育他要好好做人。陶母封鲊，使陶侃受到深刻的教育，从此将母亲的教诲铭记在心。此后，在几十年的为官生涯中，陶侃清正廉洁，恪尽职守，始终如一。

十一

浩荡阔达的唐诗

HAODANG KUODA DE TANGSHI

唐代是中国诗歌的黄金时代。唐诗开创了后世学习的典范，其内容延续了历史上的传统题材，又更加丰富广泛。现实世界中的万事万物，从自然景物到社会风习，从劳动生活到政治动态，甚至极端隐秘的个人情感，都逃不过诗人敏锐的目光，成为创作的素材。盛唐时以王维和孟浩然为代表的“山水田园诗派”，善于表现人与自然和谐相处时的宁静平和；以高适、岑参为代表的边塞诗派，则善于描绘雄浑壮美的边塞风光。

唐诗的形式既多种多样，又较为统一。主要有六种：五言古诗、七言古诗、五言绝句、七言绝句、五言律诗、七言律诗。古体诗对音韵格律的要求比较宽：一首之中，字句数可多可少，篇章可长可短，韵脚可以转换。近体诗又称“格律诗”，因为它对音韵格律的要求比较严：一首诗的字句数有限定，句联之间用字的平仄声有一定的规律，韵脚不能转换；律诗还要求中间四句对仗。

从整个中国古代诗歌史来看，唐诗是承前启后、推陈出新的阶段。它继承了两汉魏晋民歌与乐府的传统，发展了歌行体的样式，成为既能叙述故事又能抒发感情的鸿篇巨制。近体诗是当时的新体，它吸收了南朝永明以来诗人的探索和创造，在初唐完成了定型，到盛唐趋于成熟，是诗歌史上一个新的里程碑。

于易水送人

骆宾王

◎ 题解

唐高宗仪凤三年（678），骆宾王以侍御史职多次上疏讽谏，触怒武则天，不久便被诬下狱。调露元年（679）秋，遇赦出狱；冬，奔赴幽燕一带，侧身于军幕之中，决心报效国家。此诗大约写于这一时期。

此地别燕丹，
壮士发冲冠[①]。
昔时人已没，
今日水犹寒[②]。

【注释】

①战国时，燕太子丹派遣荆轲刺秦王。易水饯别时，送行的人感于燕国局势的危险，对荆轲的义勇行为非常感动，“士皆瞋目，发尽上指冠”。

②荆轲在临别时唱道：“风萧萧兮易水寒，壮士一去兮不复还。”

作者信息

骆宾王（约 638—?），字观光，婺州义乌（今属浙江）人。唐初诗人，与王勃、杨炯、卢照邻合称“初唐四杰”。官至侍御史，因上书得罪武后，被诬下狱。后任临海丞，世称骆临海，不得志而弃官。随徐敬业起兵反对武则天，兵败，下落不明。有《骆宾王文集》。

品 鉴

唐高宗新立太子而大赦天下，入狱两年的骆宾王得以重获自由。两年间诗人看透人情冷暖，在易水边送别友人，由自己的境遇联想到当年的荆轲，感慨人心不古，英雄难再。诗人借送友之事，怀古抒怀，以强烈深沉的感情，表达对凛然赴义的荆轲的无比敬仰，同时亦宣泄对现实的难以抑制的不满情绪。

登金陵凤凰台

李白

◉ 题解

《登金陵凤凰台》是李白集中为数不多的七言律诗之一。相传李白非常欣赏崔颢的《黄鹤楼》，想与之有所比较，遂作此诗。

凤凰台①上凤凰游，凤去台空江②自流。
吴宫③花草埋幽径，晋代衣冠成古丘。
三山④半落青天外，二水⑤中分白鹭洲。
总为浮云能蔽日⑥，长安⑦不见使人愁。

【注释】

①凤凰台：在金陵（今江苏南京）凤凰山上。相传南朝刘宋元嘉年间有凤凰集于此山，乃筑台，山和台也由此得名。在封建时代，凤凰是一种祥瑞。

②江：长江。

③吴宫：三国时孙吴建都金陵，曾修建太初、昭明等宫殿。

④三山：山名，在金陵城西南江边，三峰并列，南北相连，故称。

⑤二水：指秦淮河流经南京后，西入长江，被横截其间的白鹭洲分为二支。

⑥浮云蔽日：比喻奸臣当道，遮蔽贤良。

⑦长安：指代朝廷和皇帝。

作者信息

李白（701—762），字太白，号青莲居士，唐代大诗人。少有逸才，博学广览，并好行侠。青年时离蜀漫游，玄宗天宝初曾供奉翰林，但在政治上不受重视，又遭权贵谗毁，仅一年余即离开长安。天宝三载（744），在洛阳与杜甫结交。安史乱中，曾为永王李璘幕僚，参与平乱。因永王兵败牵累，流放夜郎，中途遇赦东还。晚年漂泊困苦，卒于当涂。其诗风雄奇豪放、清新飘逸，是继屈原之后又一座浪漫主义高峰，人称“诗仙”。有《李太白全集》。

品鉴

诗人登临怀古，六朝的繁华好像飞走的凤凰一样，在岁月中烟消云散；而眼下，小人当道，自己的一片报国赤诚之心无用武之地，不禁心绪怅惘，伤感无奈。

《登金陵凤凰台》将神话传说、历史典故、眼前景象和诗人自己独特的感受糅合在一切，完整地抒发了忧国伤时之情，意旨尤为深远。

关 山 月

李 白

◉ 题 解

《关山月》是乐府《横吹曲》调名，多抒离别哀伤之情。《乐府解题》：“《关山月》，伤别离也。”

明月出天山①，苍茫云海间。
长风几万里，吹度玉门关②。
汉下白登道③，胡④窥青海湾。
由来⑤征战地，不见有人还。
戍客⑥望边色，思归多苦颜。
高楼⑦当此夜，叹息未应闲。

【注释】

①天山：即祁连山。

②玉门关：故址在今甘肃敦煌西北，是古代通向西域的交通要道。

③下：指出兵。白登道：指汉高祖刘邦与匈奴交战，在白登山被围困七日之事。

④胡：这里指吐蕃。

⑤由来：历来。

⑥戍客：驻守边疆的将士。

⑦高楼：指住在高楼中的戍客之妻。

品 鉴

李白生活的时代，唐与西边吐蕃、回纥征战频繁，本诗即以汉指唐。这首诗中，诗人通过想象从边塞苍茫辽阔的景致，写到无情的沙场，最后描绘了戍边将士与家中妻子相互思念的场景，如同一幅渐次展开的长卷，深刻反映了战争带给广大民众的痛苦。

月下独酌

李白

题解

《月下独酌》共四首，此为第一首，约作于唐玄宗天宝三载（744）春。这时李白供奉翰林，遭受谗谤，故月下独酌以排遣愁闷。

花间一壶酒，独酌无相亲①。
举杯邀明月，对影成三人②。
月既不解饮，影徒随我身。
暂伴月将③影，行乐须及春。
我歌月徘徊，我舞影零乱。
醒时同交欢，醉后各分散。
永结无情④游，相期邈云汉⑤。

【注释】

①酌：饮酒。无相亲：没有亲近的人。

②三人：指李白自己、月亮和人的影子。

③将：偕、和。

④无情：忘情。

⑤相期：相约。邈（miǎo）云汉：遥远的天河。

品 鉴

花前月下，一壶清酒，孤独的诗人以月为友，对酒当歌，及时行乐。表面看来，诗人真能自得其乐，可是深处却有无限的凄凉。全诗笔触细腻，体现了诗人怀才不遇的寂寞和孤傲，在失意中依然透出旷达乐观、疏狂不羁的豪放个性。

将[1]进 酒

李 白

◉ 题 解

《将进酒》原是汉乐府短箫铙歌的曲调，即“劝酒歌”。李白这首诗，大约作于天宝十一载（752）。长安放还后，他到处游历，曾与友人岑勋、元丹丘二人欢宴豪饮。

君不见黄河之水天上来，奔流到海不复回。
君不见高堂明镜悲白发，朝如青丝暮成雪。
人生得意须尽欢，莫使金樽空对月。
天生我材必有用，千金散尽还复来。
烹羊宰牛且为乐，会须[2]一饮三百杯。
岑夫子[3]，丹丘生[4]，将进酒，杯莫停。
与君歌一曲，请君为我倾耳听。
钟鼓[5]馔玉[6]不足贵，但愿长醉不复醒。
古来圣贤皆寂寞，惟有饮者留其名。
陈王[7]昔时宴平乐[8]，斗酒十千恣欢谑。
主人何为言少钱，径须[9]沽取[10]对君酌。
五花马，千金裘，呼儿将出[11]换美酒，与尔同销万古愁。

【注释】

①将（qiāng）：请。

②会须：应当。

③岑夫子：诗人的一位隐居朋友。

④丹丘生：元丹丘，隐居不仕，与诗人交好。

⑤钟鼓：泛指音乐。

⑥馔（zhuàn）玉：泛指美食。

⑦陈王：曹植。曹操子，曾被封为陈王。

⑧平乐：观名，故址在今河南洛阳故城西，曹植曾在此举行宴会。

⑨径须：只管。

⑩沽取：指买酒。取，语助词，无义。

⑪将出：拿出。

品 鉴

李白的诗风雄浑豪放，在《将进酒》中体现得淋漓尽致，诗歌宛如大河奔流，一泻千里，读后给人酣畅淋漓之感。李白在长安放还之后，郁郁不得志，他豪饮高歌，借酒消愁，抒发了自己怀才不遇的一腔悲情，吐露了沉醉酒中的痛苦矛盾心情，展现了豪纵狂放的个性。全诗大开大合，气象非凡，具有震动古今的气势与力量。

宣州谢朓楼饯别校书叔云[1]

李　白

◉ 题　解

唐玄宗天宝十四载（755），李白时在宣城。这首诗是在李云行至宣城与李白相遇并同登谢朓楼时，李白为之饯行而作。

弃我去者，昨日之日不可留。
乱我心者，今日之日多烦忧。
长风万里送秋雁，对此可以酣高楼。
蓬莱文章建安骨[2]，中间小谢又清发[3]。
俱怀逸兴壮思飞，欲上青天揽明月。
抽刀断水水更流，举杯消愁愁更愁。
人生在世不称意，明朝散发弄扁舟[4]。

【注释】

①宣州：今安徽宣城。谢朓楼：又名北楼、谢公楼，在陵阳山上，谢朓任宣城太守时所建，并改名叠嶂楼。校（jiào）书：官名，即秘书省校书郎，掌管图书管理工作。叔云：指李云。

②蓬莱：此指东汉时藏书之东观。蓬莱文章：借指李云的文章。建安

骨：汉末建安年间，“三曹”和“七子”等作家所作之诗风骨遒劲，后人称之为“建安风骨”。

③小谢：指谢朓，字玄晖，南朝齐诗人。后人将谢灵运和谢朓并称为大谢、小谢。这里用以自喻。清发（fā）：指清新秀发的诗风。

④散发弄扁（piān）舟：意指避世隐居。

品 鉴

这是一首饯别抒怀诗，但诗歌不直言离别，而是重笔抒发诗人自己怀才不遇的激烈愤懑。诗人感怀万端，既满怀豪情逸兴，又时时掩抑不住郁闷与不平，感情回复跌宕，一波三折，表达了自己遗世高蹈的豪迈情怀。

理想与现实的尖锐矛盾使诗人精神苦闷，但他却没有放弃对美好理想的追求，诗中仍然贯注着豪迈雄放的气概。这正是李白的可贵之处。

庐山谣寄卢侍御虚舟[1]

李　白

◉ 题　解

这首诗作于唐肃宗上元元年（760），即诗人流放夜郎途中遇赦回来的次年。李白遇赦后从江夏（今湖北武昌）往浔阳（今江西九江）重游庐山时，作此诗寄卢虚舟。当时李白已经历尽磨难，始终不愿向折磨他的现实低头，求仙学道的心情更加迫切。

我本楚狂人[2]，凤歌笑孔丘[3]。
手持绿玉杖[4]，朝别黄鹤楼。
五岳寻仙不辞远，一生好入名山游。
庐山秀出南斗[5]傍，屏风九叠[6]云锦张，影落明湖青黛[7]光。
金阙前开二峰长，银河[8]倒挂三石梁。
香炉瀑布遥相望，回崖沓嶂[9]凌苍苍。
翠影红霞映朝日，鸟飞不到吴天长。
登高壮观天地间，大江茫茫去不还。
黄云万里动风色，白波九道[10]流雪山。
好为庐山谣，兴因庐山发。
闲窥石镜清我心，谢公[11]行处苍苔没。

早服还丹无世情，琴心三叠⑫道初成。
遥见仙人彩云里，手把芙蓉朝玉京⑬。
先期汗漫九垓上，愿接卢敖游太清⑭。

【注释】

①卢侍御虚舟：卢虚舟，字幼真，肃宗时任殿中侍御史，曾与李白同游庐山。

②楚狂人：春秋时楚人陆通，字接舆，因不满楚昭王的政治，佯狂不仕，时人谓之“楚狂”。

③凤歌笑孔丘：孔子造楚，陆通游其门而歌：“凤兮凤兮，何德之衰……”劝孔子不要做官，以免惹祸。李白以陆通自比，表现对政治的不满，要像楚狂那样游览名山，过隐居的生活。

④绿玉杖：仙人所用之杖。

⑤南斗：即斗宿星。

⑥屏风九叠：指庐山五老峰东的九叠屏，因山峦叠如屏而得名。

⑦青黛：青黑色。

⑧银河：指瀑布。

⑨回崖沓（tà）嶂：曲折的山崖，重叠的山嶂。

⑩白波九道：九道河流。古代地志说，长江流到浔阳境内，分为九条支流。

⑪谢公：指谢灵运。

⑫琴心三叠：道家修炼的术语，意思是使心神宁静。

⑬玉京：道家称元始天尊在天中心之上，名玉京山。

⑭“先期”二句：与卢侍御相约，共往仙境，意指一起隐居。

品鉴

《庐山谣寄卢侍御虚舟》咏叹庐山风景的奇绝，又以楚狂自比，在表达寻仙访道的隐逸之心的同时，透露出对政治的疏离和冷漠。

全诗风格豪放飘逸，境界雄奇瑰玮，笔势错综复杂，诗韵亦随诗人情感的变化几次转换，跌宕多姿，极尽抑扬顿挫之美，富有浪漫主义色彩。

清平调词三首

李白

◎ 题解

此三首诗是李白在长安供奉翰林时所作，时在天宝年间。据宋人王灼《碧鸡漫志》引《松窗杂录》：一日唐玄宗与杨贵妃在宫中观木芍药（牡丹花），因命李龟年奏乐，玄宗说："焉用旧词为?"于是命李龟年宣翰林学士李白立即进《清平调》三章。这三首诗，第一首赋妃子之色，第二首赋名花之丽，第三首将名花妃子合写。既有眼前之景色，又用典，大为唐玄宗赞赏。

云想衣裳花想容，春风拂槛露华浓①。
若非群玉②山头见，会向瑶台③月下逢。

一枝红艳④露凝香，云雨巫山⑤枉断肠。
借问汉宫谁得似，可怜飞燕⑥倚新妆。

名花倾国⑦两相欢，长得君王带笑看。
解释⑧春风无限恨，沉香亭北倚阑干。

【注释】

①槛：栏杆。露华浓：牡丹花沾着晶莹的露珠更显颜色艳丽。

②群玉：山名，传说中西王母所住之地。

③瑶台：传说中西王母所居宫殿。

④红艳：红艳艳的牡丹花。这里比喻杨贵妃之美。

⑤云雨巫山：用宋玉《高唐赋》中典故，楚王与巫山神女欢会事。

⑥可怜：可爱。飞燕：赵飞燕，汉成帝皇后，以清瘦著称，而杨贵妃以丰腴著称，所谓“环肥燕瘦”，皆是美女。

⑦名花：指牡丹花。倾国：此指杨贵妃。典出李延年《佳人歌》：“一顾倾人城，再顾倾人国。”

⑧解释：消释。

品鉴

这三首诗，第一首赞美杨贵妃的美丽，第二首写杨贵妃因貌美而备受恩宠，第三首写唐玄宗对杨贵妃的无限宠爱。诗中以花喻人，以人比花，描绘出人花交映、迷离恍惚的景象，既展现了牡丹花的风姿神韵，又写出了杨贵妃的娇艳美丽，显示了诗人高超的艺术功力。

八阵图

杜　甫

◉ 题　解

杜甫在唐代宗大历元年（766）夏迁居夔州，夔州有武侯庙，江边有八阵图，传说为三国时诸葛亮在夔州江滩所设。向来景仰诸葛亮的杜甫用了许多笔墨记咏古迹抒发情怀。《八阵图》便是其中一首。

功盖三分国①，
名成八阵图②。
江流石不转③，
遗恨失吞吴④。

【注释】

①三分国：指三国时魏、蜀、吴三国。

②八阵图：由八种阵势组成的图形，用来操练军队或作战。

③石不转：指涨水时，八阵图的石块仍然不动。

④失吞吴：因为想吞灭吴国而造成失策。

作者信息

杜甫（712—770），字子美，自号少陵野老。唐代现实主义诗人，与李白合称“李杜”，后人称他为“诗圣”，其诗被称为“诗史”。杜甫早年漫游吴越，举进士落第，复游齐赵。天宝三载（744）在洛阳与李白相识，后寓居长安近十年，以献《三大礼赋》始得官。安禄山乱起，逃至凤翔上谒肃宗，拜左拾遗。后随肃宗还京，寻出为华州司功参军。不久弃官往秦州、同谷，又移家成都，筑草堂于浣花溪，世称浣花草堂。一度在剑南节度使严武幕中任参谋，武表为检校工部员外郎，故世称杜工部。晚年携家出蜀，病卒于湘江舟中。杜甫一生官职低微，生活贫苦，他目睹了唐朝上层社会的奢靡与社会底层的痛苦生活，用诗歌记录了历史，诗风沉郁顿挫。有《杜工部集》。

品鉴

这是一首咏怀诸葛亮的五绝。前两句赞颂诸葛亮创制八阵图的卓越才华，以及确立魏、蜀、吴三分天下、鼎足而立局势的丰功伟绩。“功盖三分国，名成八阵图”这两句对仗非常工整，以大开大合的气势展现了诸葛亮政治、军事上的丰功伟绩。最后一句遗憾诸葛亮功业未竟，也隐隐传达了诗人壮志未酬的感伤。

月夜

杜甫

◎ 题解

天宝十五载（756）春，安禄山由洛阳攻潼关。五月，杜甫从奉先移家至潼关以北的白水（今陕西白水）的舅父处。六月，长安陷落，玄宗逃蜀，叛军入白水，杜甫携家逃往鄜州羌村。七月，肃宗在灵武（今宁夏灵武）即位，杜甫获悉即从鄜州只身奔向灵武，不料途中被安史叛军所俘，押回长安。八月，杜甫被禁长安望月思家而作此诗。

今夜鄜州①月，闺中②只独看。
遥怜小儿女，未解③忆长安。
香雾云鬟湿，清辉玉臂寒④。
何时倚虚幌⑤，双照泪痕干。

【注释】

①鄜（fū）州：地名，今陕西富县。

②闺中：闺中人，指妻子。

③未解：不懂得。

④“香雾”二句：想象妻子在望月怀人。

⑤虚幌：轻薄透明的帷幕。

品　鉴

此诗构思新奇巧妙，全篇皆由一系列的幻想画面组成。诗人望月怀妻，却想象妻子在月下思念自己；诗人想念年幼的儿女，却想象天真幼稚的小儿女随着母亲看月，还不懂得思念在长安的父亲。这首诗借看月而抒离情，字里行间，表现出诗人的离乱之痛和内心之忧。

旅夜书怀

杜　甫

◎ 题　解

唐代宗永泰元年（765）正月，杜甫辞去节度参谋职务，返居成都草堂。四月，友人成都府尹严武去世，杜甫在成都失去依靠，遂举家东下。此诗约为途中所作，颇有自伤漂泊之意。

细草微风岸，危樯[1]独夜舟。
星垂平野阔[2]，月涌[3]大江流。
名岂文章著，官应老病休[4]。
飘飘[5]何所似，天地一沙鸥。

【注释】

①危樯：高耸的桅杆。

②星垂平野阔：星空低垂，原野显得格外广阔。

③月涌：月亮倒映，随水流涌。

④老病休：因为年老多病而被罢退。

⑤飘飘：飞翔的样子。这里借沙鸥写人的漂泊。

品　鉴

《旅夜书怀》既写旅途风情，更感伤老年多病、漂泊无依，景中有情，融情于景。整首诗意境雄浑，用景物之间渺小与阔大的对比，烘托出一个独立于天地之间的飘零者形象，使全诗弥漫着深沉凝重的孤独感，这正是诗人身世际遇的写照。

登高

杜 甫

◉ 题 解

《登高》作于唐代宗大历二年（767）秋，杜甫时在夔州。当时安史之乱已经结束四年，但地方军阀又乘时而起，相互争夺地盘。杜甫本入严武幕府，依托严武。不久严武病逝，杜甫失去依靠，只好离开经营了五六年的成都草堂，买舟南下。本想直达夔门，却因病魔缠身，在云安待了几个月后才到夔州。在夔州居住的三年里，杜甫的生活依然很困苦，身体也非常不好。一天他独自登上夔州白帝城外的高台，登高临眺，百感交集。萧瑟的秋江景色，引发了他身世飘零的感慨，渗入了他老病孤愁的悲哀。于是，就有了这首被誉为“七律之冠”的《登高》。

风急天高猿啸哀①，渚清沙白鸟飞回②。
无边落木萧萧下③，不尽长江滚滚来。
万里悲秋常作客④，百年多病独登台。
艰难苦恨繁霜鬓⑤，潦倒新停浊酒杯⑥。

【注释】

①猿啸哀：指长江三峡中猿猴凄厉的叫声。

②渚（zhǔ）：水中的小洲。鸟飞回：鸟在急风中飞舞盘旋。

③落木：落叶。萧萧：草木摇落声。

④万里：指远离故乡。常作客：长期漂泊他乡。

⑤艰难：兼指国家政局动荡不安和个人生计艰难困苦。繁霜鬓：增多了白发，如鬓边着霜雪。

⑥潦倒：衰颓，失意。新停：新近停止。杜甫晚年因肺病戒酒，故云。

品 鉴

诗的前四句写景，述登高见闻，绘江边景致；后四句抒情，写登高所感，抒悲愁之情。全诗艺术上最显著的特点是通体对仗，对得精致工巧却又浑然天成。粗略一看，首尾好像“未尝有对”，胸腹好像“无意于对”，实则八句皆对。

明代胡应麟评价此诗：“此章五十六字，如海底珊瑚，瘦劲难移，沉深莫测，而精光万丈，力量万钧。通章章法、句法、字法，前无昔人，后无来学，此当为古今七言律第一，不必为唐人七言律第一也。”

蜀相

杜　甫

◉ 题解

唐肃宗乾元二年（759），杜甫到了成都，在朋友的资助下，定居在浣花溪畔。成都是当年蜀汉建都的地方，城西北有诸葛亮庙，称武侯祠。上元元年（760）春天，杜甫探访了诸葛武侯祠，写下了这首感人肺腑的千古绝唱。

丞相祠堂[①]何处寻，锦官城外柏森森[②]。
映阶碧草自春色，隔叶黄鹂空好音。
三顾频烦天下计，两朝开济老臣心[③]。
出师未捷身先死[④]，长使英雄泪满襟。

【注释】

①祠堂：即武侯祠，在今成都市武侯区，晋李雄初建。

②锦官城：成都的别名。柏（bǎi）森森：柏树茂盛繁密的样子。

③“三顾”二句：频烦，一再劳烦。两朝，指蜀汉先主刘备和后主刘禅两代。开济，开创基业，匡济危时。诸葛亮未出山时，隐居南阳，刘备曾三顾茅庐，他替刘备筹划三分天下的大计，创立了蜀汉的基业。刘备死后，诸葛亮当国，撑持危局，前后十多年。

④“出师”句：诸葛亮曾率军六出祁山伐魏，均未成功。蜀汉建兴十二年（234）诸葛亮再次伐魏，据五丈原，与魏军隔渭水相持，胜负未决。这年八月，他病死军中。

品鉴

杜甫虽然怀有“致君尧舜”的政治理想，却仕途坎坷。他写《蜀相》时，安史之乱还没有平息。杜甫携家流寓巴蜀，目睹国势艰危，生灵涂炭，而自身又请缨无路，报国无门，因此对“受任于败军之际，奉命于危难之间”，开创基业、挽救时局的诸葛亮无限仰慕、倍加敬重。“出师未捷身先死”写的不仅是诸葛亮壮志未酬的人生，也寄寓了诗人仕途失意、颠沛流离的身世之感。

咏怀古迹（其三）

杜 甫

◎题 解

唐代宗大历元年（766），杜甫从夔州出三峡，到江陵，先后游历了庾信故居、宋玉宅、昭君村、永安宫、先主庙、武侯祠等古迹，对于古代的才士、国色、英雄、名相，深表崇敬，写下了《咏怀古迹五首》，以抒情怀。此诗为组诗中的第三首，借咏昭君村、怀念王昭君来抒写自己的抱负。

群山万壑赴荆门，生长明妃尚有村①。
一去紫台连朔漠②，独留青冢③向黄昏。
画图省识④春风面，环佩空归月夜魂。
千载琵琶作胡语⑤，分明怨恨曲中论。

【注释】

①明妃：王昭君。昭君村在今湖北兴山县的香溪。

②去：离开。紫台：指汉宫。朔漠：北方的大沙漠，指匈奴王庭所在地。

③青冢：昭君的坟墓，在今内蒙古自治区呼和浩特市南。传说塞外草白，只有昭君墓上草色独青。

④省识：大略知道。

⑤琵琶本是胡人传入中国的乐器，经常弹奏的是胡音胡调的塞外之曲。后人同情昭君，写了《昭君怨》《王昭君》等琵琶乐曲，于是琵琶和昭君在诗歌里就密切难分了。

品 鉴

诗的开篇点明昭君村所在之地，起笔气势非凡。颔联概述昭君悲剧的一生，生前不幸与孤苦，身后寂寞与冷清。颈联进一步写昭君的身世家国之情，写出了昭君客死大漠、遗恨无穷的悲哀。尾联借琵琶曲调，用“怨恨”二字点明全诗主旨。全诗看似全在写昭君的怨恨之情，实际上也寄托了诗人自己思念家乡、壮志难酬、心系家国之情。

羌村三首

杜 甫

◎ 题 解

唐肃宗至德二载（757），杜甫在左拾遗任上触怒唐肃宗，被放还羌村（今陕西富县南）探家。这三首诗便写归家后的情景。

其一

峥嵘赤云西，日脚[①]下平地。
柴门鸟雀噪，归客千里至。
妻孥[②]怪我在，惊定还拭泪。
世乱遭飘荡，生还偶然遂[③]。
邻人满墙头，感叹亦歔欷[④]。
夜阑[⑤]更秉烛，相对如梦寐。

其二

晚岁迫偷生，还家少欢趣[⑥]。
娇儿不离膝，畏我复却去[⑦]。
忆昔好追凉[⑧]，故绕池边树。

萧萧北风劲，抚事煎百虑[9]。
赖知禾黍[10]收，已觉糟床注。
如今足斟酌，且用慰迟暮。

其三

群鸡正乱叫，客至鸡斗争。
驱鸡上树木，始闻叩柴荆[11]。
父老四五人，问[12]我久远行。
手中各有携，倾榼浊复清[13]。
“莫辞酒味薄，黍地无人耕。
兵革既未息，儿童尽东征。”
请为父老歌，艰难愧深情。
歌罢仰天叹，四座泪纵横。

【注释】

①日脚：透过云缝照射到地面的阳光。

②妻孥（nú）：妻子和儿女。孥，子女。

③“生还”句：言生还出于偶然。

④歔（xū）欷（xī）：哽咽、悲泣之声。

⑤夜阑：夜深。

⑥“晚岁”二句：意谓晚年被迫苟且偷生，虽得还家亦少乐趣。杜甫时年四十六岁，因遭朝廷贬斥，意志消沉。

⑦却去：退下，躲开。

⑧追凉：乘凉。

⑨煎百虑：即百虑煎，百般忧虑煎心。

⑩赖知：幸而知道。禾黍：制酒的主要原料。

⑪柴荆：指农村简陋的门户。

⑫问：慰问。

⑬榼（kē）：酒器。浊复清：浊酒和清酒。

品　鉴

三首诗歌蝉联而下，从三个不同的角度展现了诗人回家省亲时的生活片断，构成了一组还家“三部曲”。第一首写初还家时家人邻里的惊喜之状，真实描写了乱离生还的意外惊喜；第二首写诗人回家后心中仍然忧虑国事，烦闷不安却又无可奈何的矛盾苦闷心情；第三首写邻里父老探望慰问，感叹战乱造成田地荒芜，生活艰难。

在“烽火连三月，家书抵万金”的乱世，回家团聚是一种幸运和奢侈。这组诗多用白描，语言质朴，刻画了战乱局势下普通百姓对安定生活的渴望。

赠卫八处士

杜　甫

◎题解

此诗大概是唐肃宗乾元二年（759）春，杜甫任华州司功参军时所作。乾元元年（758）冬，杜甫因上疏救房琯，被贬为华州司功参军，冬末赴洛阳。次年三月，九节度之师溃于邺城，杜甫自洛阳经潼关回华州，途中遇见二十年不见的老友卫八处士，悲喜交加，无限感慨，于是写下这首诗赠给卫八处士。

人生不相见，动如参与商①。
今夕复何夕，共此灯烛光。
少壮能几时，鬓发各已苍②。
访旧半为鬼，惊呼热中肠。
焉知二十载，重上君子堂。
昔别君未婚，儿女忽成行。
怡然敬父执③，问我来何方。
问答乃未已，儿女罗酒浆。
夜雨剪春韭，新炊间④黄粱。
主称会面难，一举累⑤十觞。
十觞亦不醉，感子故意⑥长。

明日隔山岳，世事两茫茫。

【注释】

①动如：动不动就像。参（shēn）与商：星座名，参星在西而商星在东，当一个上升时，另一个则下沉，故不相见。

②苍：灰白色。

③父执：父亲的好友。

④间：掺和。

⑤累：接连。

⑥故意：故交的情意。

品 鉴

离乱之世，杜甫与故人重逢，感叹光阴易逝，朋友间离多聚少，但友情弥足珍贵。这首诗笔调生动自然，平易真切，层次分明，表现了乱离时代普通人所共有的沧海桑田和别易会难之感。

兵车行

杜　甫

⊙ 题解

行是古代乐府诗体，音节、格律比较自由，形式多用五言、七言或杂言的古体，富于变化。《兵车行》是杜甫自创的乐府新题。这是一首反对穷兵黩武的战争诗，为杜甫的代表作之一。

车辚辚[1]，马萧萧[2]，行人[3]弓箭各在腰。
爷娘妻子走[4]相送，尘埃不见咸阳桥[5]。
牵衣顿足拦道哭，哭声直上干云霄[6]。
道旁过者[7]问行人，行人但云点行频[8]。
或从十五北防河[9]，便至四十西营田[10]。
去时里正与裹头[11]，归来头白还戍边。
边庭流血成海水，武皇开边意未已[12]。
君不闻汉家山东二百州[13]，千村万落生荆杞[14]。
纵有健妇把锄犁，禾生陇亩无东西[15]。
况复秦兵[16]耐苦战，被驱不异犬与鸡。
长者[17]虽有问，役夫敢申恨[18]？
且如今年冬，未休关西卒[19]。

县官急索租，租税从何出？

信知生男恶[20]，反是生女好。

生女犹得嫁比邻，生男埋没随百草。

君不见青海头[21]，古来白骨无人收。

新鬼烦冤[22]旧鬼哭，天阴雨湿声啾啾[23]！

【注释】

①辚辚：车行走的声音。

②萧萧：马鸣声。

③行人：将要出征的人。

④爷娘妻子：父亲、母亲、妻子、儿女的并称。走：奔跑。

⑤咸阳桥：又叫便桥，建于汉武帝时期，唐代称咸阳桥，后来称渭桥，在咸阳城西渭水上，是长安西行必经的大桥。

⑥干云霄：直冲云霄。

⑦道旁过者：过路人，即诗人自己。

⑧点行频：多次按名册点兵入伍。频，频繁。

⑨北防河：在黄河以北设防。

⑩营田：种田。古代守边士兵在战时作战，平时种田。

⑪里正：唐代每百户设里正一人。与裹头：新兵入伍要装束整齐，因征人年龄太小，无法自理，故里正代为裹头。

⑫武皇：汉武帝，实指唐玄宗。开边：用武力开拓边疆。意未已：野心不止。

⑬君不闻："君不闻"和下面的"君不见"都是乐府体诗中常用的提示语，起提醒读者注意的作用。一说"闻"当是"见"，因下句所写"千

村万落”是可见之景。汉家：这里指唐朝。山东二百州：古代秦居西方，秦地以东（或函谷关以东）统称“山东”。唐代函谷关以东共二百一十七个州，这里说“二百州”是举其整数。

⑭荆杞：荆棘、枸杞，野生植物。此句描写农村的荒芜景象。

⑮无东西：不成行列。此句写庄稼生长不好。

⑯秦兵：即指这次秦地被征的士兵。

⑰长者：即前文的“道旁过者”，是征夫对杜甫的敬称。

⑱役夫：征人的自称。敢申恨：怎么敢说出心里的愤恨。敢，副词，用于反问，这里是“岂敢”的意思。申，陈述、说明。

⑲关西卒：即前文所提秦兵。

⑳信知：真正知道。生男恶：因战争造成大量男子死亡，人们改变了重男轻女的心理。秦始皇时修长城，男子大量死亡，有民谣云：“生男慎勿举，生女哺用脯。不见长城下，尸骸相支柱。”

㉑青海头：即青海湖边。

㉒烦冤：不满、愤懑。

㉓啾（jiū）啾：象声词，形容凄厉的哭叫声。

品 鉴

全诗可分三段。从“车辚辚”到“干云霄”，写诗人亲见的亲人哭送征夫的悲惨情景；从“道旁过者”到“不异犬与鸡”，借征夫之语，直接控诉战争给百姓带来的灾难；从“长者虽有问”到“声啾啾”，进一步从抓兵和逼租两个方面揭示了战争施加给百姓的双重苦难。

《兵车行》是杜诗名篇，为历代所推崇。它揭露了唐玄宗长期以来穷兵黩武，连年征战，给人民带来的深重灾难，具有强烈的反战色彩。全诗寓情于叙事之中，在叙述次序上参差错落、前后呼应，变化开阖井然有序，并巧妙运用过渡句和习用词语，造成了荡气回肠的艺术效果。

秋兴八首

杜 甫

◎ 题 解

《秋兴八首》是唐代宗大历元年（766）秋，杜甫在夔州时所作的一组七言律诗，因秋而感发诗兴，故曰“秋兴”。组诗八首蝉联，结构严密，抒情深挚，总结性地体现了杜甫晚年的思想感情和艺术成就。

其一

玉露凋伤[①]枫树林，巫山巫峡气萧森[②]。
江间波浪兼天涌，塞上风云接地阴。
丛菊两开他日泪，孤舟一系故园心。
寒衣处处催刀尺[③]，白帝城高急暮砧[④]。

其二

夔府孤城落日斜，每依北斗望京华。
听猿实下三声泪，奉使虚随八月槎[5]。
画省[6]香炉违伏枕，山楼粉堞隐悲笳[7]。
请看石上藤萝月，已映洲前芦荻花。

其三

千家山郭静朝晖，日日江楼坐翠微。
信宿[8]渔人还泛泛，清秋燕子故飞飞。
匡衡[9]抗疏功名薄，刘向[10]传经心事违。
同学少年多不贱，五陵衣马自轻肥[11]。

其四

闻道长安似弈棋[12]，百年世事不胜悲。
王侯第宅皆新主，文武衣冠异昔时。
直北关山金鼓振，征西车马羽书驰[13]。
鱼龙寂寞秋江冷，故国平居有所思[14]。

其五

蓬莱宫阙对南山[15]，承露金茎[16]霄汉间。
西望瑶池[17]降王母，东来紫气满函关。
云移雉尾[18]开宫扇，日绕龙鳞[19]识圣颜。
一卧沧江惊岁晚，几回青琐点朝班[20]。

其六

瞿塘峡口曲江头，万里风烟接素秋。
花萼夹城[21]通御气，芙蓉小苑入边愁[22]。
珠帘绣柱围黄鹄[23]，锦缆牙樯[24]起白鸥。
回首可怜歌舞地，秦中自古帝王州。

其七

昆明池[25]水汉时功，武帝旌旗在眼中。
织女机丝虚夜月，石鲸鳞甲动秋风。
波漂菰[26]米沉云黑，露冷莲房[27]坠粉红。
关塞极天唯鸟道[28]，江湖满地[29]一渔翁。

其八

昆吾[30]御宿自逶迤，紫阁峰阴入渼陂[31]。
香稻啄余鹦鹉粒，碧梧栖老凤凰枝[32]。
佳人拾翠春相问，仙侣同舟晚更移。
彩笔[33]昔曾干气象，白头吟望苦低垂。

【注释】

①玉露：秋天的霜露，因其白，故以玉喻之。凋伤：草木衰败零落。

②巫山巫峡：指夔州（今重庆奉节）一带的长江和峡谷。萧森：萧瑟阴森。

③催刀尺：指赶裁冬衣。

④急暮砧：黄昏时急促的捣衣声。

⑤槎：木筏。

⑥画省：尚书省。

⑦山楼：白帝城楼。悲笳：军中乐声，暗示战乱。

⑧信宿：连住两夜。

⑨匡衡：字稚圭，西汉经学家。因上疏议政，为人弹劾，后免官。

⑩刘向：字子政，西汉经学家、目录学家。治《春秋榖梁传》。

⑪轻肥：即轻裘肥马。

⑫闻道：听说。似弈棋：指长安政局如下棋一样反复变化，局势不明。

⑬“直北”二句：言战事。时西北之吐蕃、回纥屡屡寇边侵扰，对京城长安形成很大威胁。

⑭“鱼龙”二句：言思念旧日在长安的生活。

⑮蓬莱宫阙：即大明宫，高宗时改名为蓬莱宫。南山：终南山。

⑯承露金茎：指汉建章宫之金茎承露盘。

⑰瑶池：神话传说中西王母的住地。

⑱雉尾：指雉尾扇，是帝王仪仗的一种。

⑲龙鳞：指帝王所穿龙袍，绣有龙纹。

⑳青琐：装饰皇宫门窗的青色连环花纹，借指宫廷。点朝班：上朝点名，依次入班。

㉑花萼：即花萼相辉楼，在长安南内兴庆宫。夹城：两旁筑有高墙的通道。

㉒芙蓉小苑：即芙蓉园。入边愁：安禄山叛乱的消息传到长安。

㉓黄鹄：天鹅。

㉔锦缆牙墙：指曲江中装饰华美的游船。

㉕昆明池：在长安西南，汉武帝元狩三年（前120）所凿，以操练水军。

㉖菰（gū）：即茭白，水生植物，根茎可食。果实叫菰米，亦可食。

㉗莲房：莲蓬。

㉘鸟道：喻高峻险要的山路，唯飞鸟可过。此指夔州道路。

㉙江湖满地：指漂泊江湖，苦无归宿。

㉚昆吾：地名。在长安南，靠终南山，汉代属上林苑。

㉛紫阁峰：终南山峰名。渼（měi）陂（bēi）：水名，在今陕西户县西。紫阁峰在渼陂之南，陂中可以看到紫阁峰秀美的倒影。

㉜“香稻”二句：倒装句式，意谓香稻乃鹦鹉啄余之粒，碧梧是凤凰栖老之枝。

㉝彩笔：五彩之笔，喻文才。

品　鉴

此八首诗，一忆长安故园，二怀京华奉使，三念匡衡抗疏，四忧京都战乱，五思朝圣恩荣，六叹胡尘犯阙，七记汉唐之盛，八想文才气象，构成一个完整的乐章。组诗熔铸了夔州萧条的秋色、清凄的秋声，暮年多病的苦况和关心国家命运的深情，悲壮苍凉，意境深闳。

送灵澈上人

刘长卿

◉ 题解

大约在唐代宗大历四年至五年（769—770）间，刘长卿和灵澈相遇又离别于润州（今江苏镇江）。刘长卿于唐肃宗上元二年（761）从贬谪之地南巴（今广东茂名）归来后，一直失意待官，心情郁闷。灵澈此时诗名未著，云游江南，心情也不大得意，在润州逗留后，将返回浙江。这首诗便是写傍晚时分，诗人相送灵澈暂回竹林寺归宿的情景。

苍苍竹林寺，
杳杳①钟声晚。
荷笠②带斜阳，
青山独归远。

【注释】

①杳杳：深远貌。

②荷笠：戴着斗笠。

作者信息

刘长卿，字文房，宣城（今属安徽）人，郡望河间（今属河北）。唐玄宗天宝年间进士。唐肃宗至德年间任监察御史、苏州长洲县尉，唐代宗大历年间任转运使判官，知淮西、鄂岳转运留后，又被诬再贬睦州司马。因刚而犯上，两度迁谪。唐德宗建中年间，官终随州刺史，世称刘随州。擅长五言，尤工五律，自称"五言长城"。有《刘随州集》。

品鉴

全诗既表达了诗人对灵澈的深挚情谊，也展现出灵澈归山的清寂风度。送行人和行人，一个仕途失意，一个方外归山，可谓同是天涯沦落人。在出世入世的问题上，二人同有怀才不遇的体验，共怀淡泊的胸襟，这首小诗表现的就是这样一种境界。

登乐游原

李商隐

题解

此诗当于唐武宗会昌四年至五年（844—845）间，李商隐去河阳退居太原，往来京师，过乐游原而作。乐游原是唐代游览胜地，直至中晚唐之交，仍然是京城人游玩的好去处。同时因为地理位置高便于览胜，文人墨客也经常来此作诗抒怀。

向晚意不适①，
驱车登古原②。
夕阳无限好，
只是近黄昏。

【注释】

①向晚：傍晚。意不适：心情不舒畅。

②古原：即乐游原，是唐代长安城内地势最高地。

作者信息

李商隐（约813—约858），字义山，号玉谿生，怀州河内（今河南沁阳）人。晚唐著名诗人，与杜牧合称“小李杜”，与温庭筠合称“温李”。开成进士，曾任县尉、秘书郎和东川节度使判官等职。因卷入牛李党争的政治旋涡，遭排挤而潦倒终身。擅长诗歌写作，骈文文学价值颇高。其诗构思精巧，想象丰富，情致婉曲，具有独特风格。然因用典太多，或致诗旨隐晦。有《李义山诗集》，后人辑有《樊南文集》《樊南文集补编》。

品 鉴

《登乐游原》概括地表现出整个晚唐时代日落西山的颓势，也吐露了诗人惋惜和迷惘的心境。“夕阳无限好，只是近黄昏”，景色与哲理融为一体，意境与理趣兼具。

锦瑟

李商隐

◉ 题解

关于《锦瑟》一诗的创作意旨历来众说纷纭，大体而言，以咏瑟、自伤、悼亡三说居多。诗约为李商隐晚年所作，可视为其潦倒一生的总括性写照。

锦瑟无端五十弦①，一弦一柱思华年②。
庄生晓梦迷蝴蝶③，望帝④春心托杜鹃。
沧海月明珠有泪⑤，蓝田⑥日暖玉生烟。
此情可待成追忆？只是当时已惘然！

【注释】

①锦瑟：装饰华美之瑟。瑟，古代一种弦乐器，古瑟五十弦，后代改为二十五弦。无端：没来由。

②柱：弦乐器系弦用的小木柱。华年：美好的年华。

③“庄生”句：引庄周梦蝶故事，以言浮生若梦，变幻莫测。

④望帝：古代传说中的蜀地君王，死后魂魄化为杜鹃，悲啼泣血。

⑤“沧海”句：《博物志》：“南海外有鲛人，水居如鱼，不废织绩，其眼能泣珠。”

⑥蓝田：即蓝田山，在今陕西蓝田，盛产美玉。

品 鉴

此诗难解，主要在颔颈两联，庄生梦蝶、杜鹃啼血、沧海珠泪、良玉生烟，一句诗用一个典故，一句诗有一个艺术境界，相互独立，又相映成趣。

梁启超如此见解："义山的《锦瑟》《碧城》《圣女祠》等诗，讲的什么事，我理会不着。拆开一句一句叫我解释，我连文义也解不出来。但我觉得它美，读起来令我在精神上得一种新鲜的愉快。须知美是多方面的，美是含有神秘性的。"《锦瑟》字字珠玑，实在太美。

无题

李商隐

◎题解

李商隐是无题诗的代表人物。他以“无题”为标题的诗约有二十首，大多因不便明言而题作无题，内容多写男女幽思苦恋而别有寄托。此诗约为唐文宗开成四年（839），李商隐由秘书省校书郎调补弘农尉时所作。

昨夜星辰昨夜风，画楼西畔桂堂①东。
身无彩凤双飞翼，心有灵犀②一点通。
隔座送钩③春酒暖，分曹射覆④蜡灯红。
嗟余听鼓⑤应官去，走马兰台类转蓬⑥。

【注释】

①画楼：彩绘华丽的高楼。桂堂：用桂木建造的厅堂，比喻富贵人家的屋舍。

②灵犀：指犀牛角，古代犀牛被当作灵物，据说犀角中央有一条贯通上下的白线。借喻相爱双方心灵的感应和暗通。

③送钩：也叫藏钩，古代腊日行酒时的一种游戏。

④分曹：分组。射覆：古代行酒时的游戏。

⑤听鼓：唐时夜漏尽而击漏鼓，开宫门，百官清晨听鼓进朝。

⑥兰台：指秘书省。转蓬：飘转不定的野草。

品 鉴

这首诗追忆了诗人昨夜参与的一次贵家后堂之宴，表达了与意中人席间相遇、旋成间阻的怀想和惆怅。恋情阻隔的怅惘与身世沉沦的感叹交汇于诗人心中，使此诗在对爱情的表达中透露出沉郁悲慨的自伤意味。

山中留客

张　旭

山光物态弄春晖[①]，
莫为轻阴便拟归[②]。
纵使晴明无雨色，
入云深处亦沾衣。

【注释】

①春晖：春光。

②轻阴：轻薄的阴云。拟归：打算回去。

作者信息

张旭，字伯高，苏州吴县（今江苏苏州）人。唐代著名书法家。曾任常熟尉、金吾长史，世称张长史。擅长草书，喜欢饮酒，时称“张颠”，又尊为“草圣”。其草书与李白的诗歌、裴旻的剑舞并称“三绝”。《全唐诗》存其诗六首。

品 鉴

这首诗紧扣诗题中的“留”字，借留客于春山之中，描绘了一幅意境清幽的山水画，表达了诗人对自然美好景色的喜爱之情与希望同友人共赏美景的愿望，并蕴含着要欣赏最美景致就不能浅尝辄止的哲理。篇幅虽短，却景、情、理三者交融，浑然一体，耐人寻味。

秋夕

杜　牧

银烛秋光冷画屏[1]，
轻罗[2]小扇扑流萤[3]。
天阶[4]夜色凉如水，
坐看牵牛织女星[5]。

【注释】

①画屏：画有图案的屏风。

②轻罗小扇：轻巧的丝质团扇。

③流萤：飞动的萤火虫。

④天阶：露天的石阶。

⑤牵牛织女星：指牵牛星、织女星，亦指古代神话中的人物牛郎和织女。

作者信息

杜牧（803—852），字牧之，京兆万年（今陕西西安）人。杜佑之孙。唐代文学家，大和进士。历任淮南节度使掌书记，监察御史，黄、池、睦诸州刺史，后入为司勋员外郎，官终中书舍人。晚年尝居樊川别业，世称杜樊川。诗风明快，长于绝句，与李商隐并称“小李杜”。亦能文，以

《阿房宫赋》最为著名。有《樊川文集》。

品 鉴

此诗写失意宫女孤独的生活和凄凉的心境。首句写秋景，用一“冷”字，暗示寒秋气氛，又衬出主人公内心的孤凄。二句写借扑萤打发时光，排遣愁绪。三句写夜深仍不能眠，以待临幸，以天阶如水暗喻君情如冰。末句借羡慕牛郎织女，抒发心中悲苦。这首诗从一个侧面反映了封建时代妇女的悲惨命运。

望月怀远

张九龄

海上生明月，天涯共此时[①]。
情人怨遥夜[②]，竟[③]夕起相思。
灭烛怜光满，披衣觉露滋[④]。
不堪盈手赠[⑤]，还寝梦佳期[⑥]。

【注释】

①“海上”二句：化用谢庄《月赋》：“隔千里兮共明月。”

②遥夜：漫长的夜。

③竟夕：整夜。

④“灭烛”二句：写望月怀人，深宵久立的情景，是“怜光满而灭烛，觉露滋而披衣”的倒文。借月光圆满，自伤夫妇不能团圆。

⑤“不堪”句：明月有影无形，不可把握，难寄相思之情。

⑥“还寝”句：意指寻梦。佳期，会见之期。

作者信息

张九龄（673或678—740），字子寿，一名博物，韶州曲江（今广东韶关）人。长安进士。玄宗开元二十一年（733），任中书侍郎、同中书门下平章事，时称贤相。二十四年为李林甫所谗，罢相，出为荆州长史。早期作品辞藻清丽，情致深婉，独具“雅正冲淡”的神韵。晚年诗风转趋朴素遒劲，所作《感遇诗》以格调刚健著称。有《曲江集》。

品 鉴

《望月怀远》是望月怀思的名篇。首句望月，次句怀远，三、四句直抒对远方亲人的思念之情，五、六句具体描绘彻夜难眠的情景，结尾两句写期梦以自慰，收束相思之情。全诗语言自然浑成而不露痕迹，情意缠绵而不见感伤，情景交融，细腻入微，感人至深。

汉江临泛

王　维

◉ 题　解

唐玄宗开元二十八年（740），时任殿中侍御史的王维，因公务去南方，途经襄阳。此诗是他在襄阳城欣赏汉江景色时所作。

楚塞三湘接①，荆门九派通②。
江流天地外，山色有无中。
郡邑浮前浦，波澜动远空。
襄阳好风日，留醉与山翁③。

【注释】

①楚塞：楚国的地界。三湘：湘水合沅水称沅湘，合蒸水称蒸湘，合潇水称潇湘，故称三湘。

②荆门：荆门山，在今湖北宜都西北的长江南岸。九派：指长江的九条支流。

③山翁：指晋朝的山简，“竹林七贤”之一山涛之子。他性好饮酒，为征南将军镇守襄阳时，常在习氏园池游赏，每置酒尽醉，名其池为高阳池。这两句意谓愿和山翁一样，留醉在襄阳风景佳处。

作者信息

王维（701？—761），字摩诘，太原祁（今山西祁县）人，后迁居河东蒲州（今山西永济）。唐代诗人、画家。出身河东王氏，于唐玄宗开元九年（721）中进士第，为太乐丞。历官右拾遗、监察御史、河西节度使判官。天宝年间，拜吏部郎中、给事中。安禄山攻陷长安时，被迫受伪职。长安收复后，被责授太子中允。唐肃宗乾元年间任尚书右丞，世称王右丞。王维参禅悟理，精通诗书音画，以诗名盛于开元、天宝间，尤长五言，多咏山水田园，与孟浩然合称“王孟”，因笃诚奉佛，有“诗佛”之称。书画特臻其妙，后人推其为南宗山水画之祖。北宋苏轼评云：“味摩诘之诗，诗中有画；观摩诘之画，画中有诗。”有《王右丞集》《画学秘诀》。

品鉴

江水滔滔远去，好像一直流到天地之外，两岸青山迷蒙，时隐时现。两岸的都市、村庄随江上波澜一起晃动，一直绵延到水天相接的远方。

全诗气势雄浑，意境开阔，布景巧妙，情景交融，展现了诗人在襄阳登高远眺、泛舟汉江时所见到的壮丽浩渺的景色，充分体现了王维山水诗“诗中有画”的特色。

送别

王　维

◎ 题　解

诗人的一位友人仕途受挫，决定归隐终南山。诗人为他设宴饯别时，写下了这首送别诗。

下马饮君酒①，问君何所之②？
君言不得意，归卧南山陲③。
但④去莫复问，白云无尽时。

【注释】

①饮君酒：劝君饮酒。饮，使……喝。

②何所之：去哪里。之，到、往。

③归卧：隐居。南山：终南山。陲：边缘。

④但：只是。

品 鉴

诗中采用问答的方式从友人口中说出归隐的原因，既使送者和行人双方的思想感情得以交流，又能省略不少交代性的文字，还使得诗意空灵跳脱，语调亲切。这无尽的白云，既有对友人的安慰，又有诗人自己对隐居生活的向往；既有对人世荣华富贵的否定，又带着点无可奈何的情绪。

寄李儋元锡

韦应物

◎ 题解

这首七律是韦应物晚年在滁州刺史任上的作品。唐德宗建中四年（783）暮春入夏时节，韦应物从尚书比部员外郎调任滁州刺史，离开长安，秋天到达滁州任所。李儋，字元锡，是韦应物的诗交好友，当时任殿中侍御史，在长安与韦应物分别后，曾托人问候。次年春天，韦应物写了这首诗寄赠李儋以答。

去年花里逢君别，今日花开又一年。
世事茫茫难自料，春愁黯黯①独成眠。
身多疾病思田里，邑有流亡愧俸钱②。
闻道欲来相问讯③，西楼望月几回圆。

【注释】

①春愁：因春季来临而引起的愁绪。黯黯：心神沮丧的样子。

②邑有流亡：指在自己管辖的地区内还有百姓流亡。愧俸钱：自己拿了俸禄，而没有替朝廷尽到安民的责任，深感惭愧。

③问讯：探望。

作者信息

韦应物（约 737—791），京兆万年（今陕西西安）人。唐朝官员、诗人。天宝末，为玄宗三卫近侍，时年十五，颇任侠负气。后入太学，折节读书。历任京兆府功曹、比部员外郎、滁州刺史、江州刺史、左司郎中。贞元初，复出为苏州刺史，世称韦苏州。以写山水田园诗著名，其五言诗高雅闲淡，自成一家之体。有《韦苏州集》。

品鉴

首联即景生情，勾起与友人花里相逢又分别的往事。颔联写自己的烦恼苦闷，抒发对茫茫世事的感叹。颈联写因多病而想辞官归田，但心系百姓不能一走了之，反映内心的矛盾，流露出进退两难的苦闷。结尾道出寄诗的用意，是极需友情的慰勉，渴望和友人畅叙。

全诗既体现了朋友间的深挚友谊，又披露了一个清廉正直的封建官员的思想矛盾和苦闷，真实地概括出这样的官员有志无奈的典型心情。

登柳州城楼寄漳汀封连四州刺史

柳宗元

题解

永贞革新失败后，柳宗元与韩泰、韩晔、陈谏、刘禹锡都因参加王叔文领导的永贞革新运动而遭贬。他们的际遇相同，休戚相关。本诗写于唐宪宗元和十年（815），柳宗元被改贬为柳州刺史，寄赠四位共患难而天各一方的朋友。

城上高楼接大荒，海天愁思正茫茫。
惊风乱飐芙蓉①水，密雨斜侵薜荔②墙。
岭树重遮千里目，江流曲似九回肠③。
共来百越文身④地，犹自音书滞一乡。

【注释】

①飐（zhǎn）：吹动。芙蓉：即荷花。

②薜（bì）荔：蔓生香草。

③九回肠：形容愁思缠结。

④百越：即百粤，五岭以南少数民族的泛称。文身：在身上刺花纹，这是古代南方少数民族的一种风俗。

作者信息

柳宗元（773—819），字子厚，河东解（今山西运城西南）人，世称柳河东。“唐宋八大家”之一，唐代文学家、哲学家。贞元九年（793）进士及第。永贞元年（805），参与以王叔文为首的“永贞革新”，失败后被贬为永州司马。后迁柳州刺史，卒于任，世称柳柳州。与韩愈并称“韩柳”，共倡古文运动，其文峭拔矫健。又工诗，风格清峭。有《柳河东集》。

品鉴

昔日政治上的挚友，如今天各一方，不仅无法相见，连互通音信也是困难重重。“海天愁思”中亦包括身世坎坷、世事莫测、仕途险恶之叹。全诗赋中有比，象中含兴，情景交融，凄楚动人，抒发了诗人重遭迫害的悲愤和对友人的思念。

西塞山怀古

刘禹锡

◉ 题解

这首诗是刘禹锡于唐穆宗长庆四年（824）所作。是年，刘禹锡由夔州（今重庆奉节）刺史调任和州（今安徽和县）刺史，在沿江东下赴任的途中，经西塞山时，触景生情，抚今追昔，写下了这首感叹历史兴亡的诗。

王濬楼船下益州①，金陵王气②黯然收。
千寻铁锁沉江底③，一片降幡出石头④。
人世几回伤往事，山形依旧枕寒流。
今逢四海为家⑤日，故垒萧萧芦荻秋。

【注释】

①王濬：晋益州刺史，受晋武帝命，造大楼船，内可容二千人，顺江而下，讨伐东吴。益州：今四川成都。

②金陵：今南京，当时是吴国的都城。王气：帝王之气。

③“千寻”句：东吴的亡国之君孙皓，凭借长江天险，在江中暗置铁锥，又用大铁索横于江面，以期拦截晋船，终失败。寻，古代长度单位，八尺为一寻。

④“一片”句：王濬率船队从武昌顺流而下，直到金陵，攻破石头城，吴主孙皓到营门投降。

⑤四海为家：意谓全国统一。

作者信息

刘禹锡（772—842），字梦得，洛阳（今属河南）人。唐代文学家、哲学家。贞元九年（793）登进士第。永贞元年（805），参与以王叔文为首的“永贞革新”，失败后被贬为连州刺史，再贬朗州司马，迁连州刺史。后裴度荐为太子宾客、检校礼部尚书，世称刘宾客。其诗骨力豪劲，气韵沉雄，有“诗豪”之称。与柳宗元友善，并称“刘柳”。又与白居易唱和，并称“刘白”。有《刘宾客集》。

品鉴

唐朝自安史之乱后，藩镇割据比较严重。唐宪宗时期，唐朝曾经取得了几次平定藩镇割据战争的胜利，国家又出现了比较统一的局面，不过这种景象只是昙花一现，长庆元年至二年（821—822），河北三镇又恢复了割据局面。

诗的前四句写西晋灭吴的历史故事，后四句写六朝著名的军事要塞西塞山如今物是人非，表面上看好像是在客观地叙述往事，描绘古迹，实际是在借古喻今，以六朝覆灭的教训来警示当时骄侈腐败的唐王朝，期待国家统一。

春江花月夜

张若虚

题解

《春江花月夜》原为乐府旧题，收入《乐府诗集·清商曲·吴声歌》，据传创自陈后主，主要展现宫廷艳情。张若虚这首为拟题作诗，与原先的曲调已不同。

春江潮水连海平，海上明月共潮生。
滟滟[①]随波千万里，何处春江无月明。
江流宛转绕芳甸[②]，月照花林皆似霰[③]。
空里流霜不觉飞，汀[④]上白沙看不见。
江天一色无纤尘，皎皎空中孤月轮。
江畔何人初见月？江月何年初照人？
人生代代无穷已，江月年年只相似。
不知江月待何人，但见长江送流水。
白云一片去悠悠，青枫浦[⑤]上不胜愁。
谁家今夜扁舟子[⑥]？何处相思明月楼[⑦]？
可怜楼上月徘徊，应照离人妆镜台。
玉户帘中卷不去，捣衣砧[⑧]上拂还来。

此时相望不相闻，愿逐月华流照君。
鸿雁长飞光不度，鱼龙潜跃水成文⑨。
昨夜闲潭梦落花，可怜春半不还家。
江水流春去欲尽，江潭落月复西斜。
斜月沉沉藏海雾，碣石潇湘无限路⑩。
不知乘月几人归，落月摇情满江树。

【注释】

①滟滟：波光荡漾的样子。

②芳甸：开满鲜花的原野。甸，郊外之地。

③霰（xiàn）：小冰粒。此用来形容在月光照映下的花朵显得晶莹洁白。

④汀（tīng）：水边沙地。

⑤青枫浦：又名双枫浦，在今湖南浏阳。这里泛指游子所在之地。

⑥扁（piān）舟子：漂荡江湖的游子。

⑦明月楼：指月夜楼中的思妇。

⑧砧（zhēn）：捣衣用的垫石。

⑨文：同“纹”，波纹，涟漪。

⑩碣石：山名，在渤海边上。潇湘：湖南二水名。此以碣石指北，潇湘指南，极言相距之远。

作者信息

张若虚，扬州（今属江苏）人。曾任兖州兵曹。唐中宗神龙年间，以文辞俊秀闻名京师，与贺知章、包融、张旭合称“吴中四士”。存诗仅二首，以《春江花月夜》著名，享有“一词压两宋，孤篇盖全唐”之誉。

品 鉴

诗人运用富有生活气息的清丽之笔，以江为场景，以月为主体，描绘了一幅幽美邈远、惝恍迷离的春江月夜图，抒写了游子思妇真挚动人的离情别绪以及富有哲理意味的人生感慨。《春江花月夜》在思想与艺术上都超越了以前那些单纯模山范水的景物诗，融诗情、画意、哲理为一体，被闻一多先生誉为“诗中的诗，顶峰上的顶峰”。

听颖师弹琴

韩 愈

◎ 题 解

此诗于元和十年至十一年（815—816）间作于长安。相传唐朝有一个名叫颖的和尚，从印度来到中国，人们尊称他为颖师。颖师弹琴的技艺精湛，演奏时有特别的韵味，而且曲目很丰富，远近知名。韩愈也慕名前来欣赏颖师弹琴，并把他听颖师弹琴的感受写成了一首诗，即这首《听颖师弹琴》。

昵昵儿女语，恩怨相尔汝①。
划然变轩昂，勇士赴敌场。
浮云柳絮无根蒂，天地阔远随飞扬。
喧啾百鸟群，忽见孤凤皇②。
跻攀分寸不可上，失势一落千丈强③。
嗟余有两耳，未省听丝篁④。
自闻颖师弹，起坐在一旁。
推手遽止之，湿衣泪滂滂⑤。
颖乎尔诚能，无以冰炭置我肠⑥。

【注释】

①“昵昵”二句：意谓琴声之缠绵婉转，有如青年男女谈情说爱。昵昵，亲密的样子。

②“喧啾”二句：比喻琴声的高超，不同于俗调。喧啾，喧闹。

③“跻攀”二句：写声调高低抑扬，起伏变化。跻（jī），登。

④省：懂得。丝篁：即丝竹、弦管，泛指乐器，这里借指音乐。

⑤滂滂：热泪滂沱的样子。

⑥冰炭置我肠：比喻情感剧烈的波动。

作者信息

韩愈（768—824），字退之，河南河阳（今河南孟州）人，郡望河北昌黎，世称韩昌黎。唐代文学家、思想家。贞元八年（792）进士及第，官至吏部侍郎。唐代古文运动的倡导者，提倡文以载道，对当时的文坛和后世的散文创作产生了巨大的影响。被后人尊为“唐宋八大家”之首，与柳宗元并称“韩柳”。有《昌黎先生集》。

品鉴

诗分两部分，前十句用一连串充满比喻和想象的语言，正面摹写颖师琴曲中丰富多彩的音乐形象和令人神往的音乐意境；后八句写自己听琴的感受和反应，从侧面进一步烘托琴声的优美动听和强烈的感染力量。全篇诗情起伏如钱塘江潮，波涛汹涌，层见迭出，变化无穷。

李凭箜篌引

李 贺

◉ 题 解

此诗大约作于唐宪宗元和六年（811）至元和八年（813），当时李贺任职于长安，官奉礼郎。诗中的李凭是梨园弟子，因善弹箜篌，在京城名噪一时。

吴丝蜀桐张高秋①，空山凝云颓不流②。
湘娥啼竹素女③愁，李凭中国④弹箜篌。
昆山玉碎凤凰叫⑤，芙蓉泣露香兰笑⑥。
十二门⑦前融冷光，二十三丝动紫皇⑧。
女娲炼石补天处，石破天惊逗⑨秋雨。
梦入神山教神妪⑩，老鱼跳波⑪瘦蛟舞。
吴质不眠倚桂树⑫，露脚斜飞湿寒兔⑬。

【注释】

①吴丝蜀桐：吴地之丝，蜀地之桐，都是制造乐器的上好材料。此指箜篌。张：弹奏。高秋：暮秋。

②“空山”句：意谓连空山的云气也为箜篌声所吸引，凝而不流。

③湘娥：湘水的女神，即古代帝舜的妃子娥皇、女英。素女：传说中的神女，善于鼓瑟。

④中国：国之中央，即京城长安。

⑤昆山：即昆仑山，是著名的产玉之区。玉碎凤凰叫：形容演奏声清脆激越。

⑥“芙蓉”句：形容乐声时而低沉，时而欢快。

⑦十二门：指长安。长安城四面各三门，共有十二门。

⑧二十三丝：指李凭所弹的箜篌。紫皇：道教对天上最尊贵的神的称呼，这里指皇帝。

⑨逗：引出来。

⑩“梦入”句：谓李凭的箜篌把听者引入了幻境，仿佛在神山之上把这绝艺传授给神仙。

⑪老鱼跳波：鱼随着乐声跳跃。

⑫“吴质”句：意谓不但人们被乐声吸引，连月宫中的吴刚聆音听曲，也为之不眠。吴质，即神话中在月宫砍桂树的吴刚。

⑬寒兔：指玉兔。

作者信息

李贺（790—816），字长吉，福昌昌谷（今河南宜阳）人，唐宗室郑王李亮后裔。因避父晋素讳，不得参加进士科考试。曾官奉礼郎。年少失意，郁郁不得志，二十七岁便英年早逝。是继屈原、李白之后，中国文学史上又一位颇享盛誉的浪漫主义诗人。其诗想象丰富，色彩瑰丽，恢奇诡谲，自成一体，被后人称为“长吉体”。后人赞其有“鬼才”，誉其为“诗鬼”。有《昌谷集》。

品 鉴

全诗充满了浪漫主义色彩，想象丰富奇特。诗中没有对李凭的技艺进行直接评判，也没有直接描述诗人的自我感受，有的只是对于乐声及其效果的摹绘，曲折而又明朗地表达了对于乐曲的感受和评价，使外在的物象和内在的情思融为一体，构成令人赏心悦目的艺术境界。清人方扶南把它与白居易的《琵琶行》、韩愈的《听颖师弹琴》相提并论，推许为“摹写声音至文”。

十二

唐代散文和骈文

TANGDAI SANWEN HE PIANWEN

唐代文苑，异彩纷呈。唐文包括骈、散两体，但散文的成就大于骈文，主要是因为有韩愈、柳宗元领导的古文运动。“古文”这一概念在隋末唐初提出，指先秦两汉盛行的散文，它奇句单行、形式自由、格调质朴。与之相对的是“时文”，即骈文，它流行于魏晋以后，讲求对偶、音律、藻饰和用典，风格浮华。古文运动致力于革新文学，恢复散文的主导地位，以此复兴儒学。

古文运动在中唐贞元、元和之间发生，散文创作波澜壮阔，内容、形式都达到了成熟、完美的境界。被苏轼称为“文起八代之衰”的韩愈，长于说理，成就主要在政论散文。柳宗元的贡献，则在于确立了山水游记和寓言这两个散文品种在文学中的地位。刘禹锡参与了文体文风革新，其所写的一些作品，内容精警、情味隽永，也别有特色。

韩柳之后直至晚唐，是古文运动的衰落期。杜牧受其影响，写出骈散结合的《阿房宫赋》刺秦以警唐，深沉而流畅。这时有小品文挺身文坛，独树一帜，如皮日休的作品就很有特色。古文运动之外，其他人所作，如李白的《春夜宴诸从弟桃李园序》、白居易的《荔枝图序》等，各具特色，值得一读。

春夜宴诸从弟桃李园序

李　白

◉ 题　解

此诗于唐玄宗开元二十一年（733）前后作于安陆，李白与堂弟们在春夜宴饮赋诗，并为之作此序文。

夫天地者，万物之逆旅[①]也；光阴者，百代之过客也。而浮生若梦，为欢几何？古人秉烛夜游[②]，良有以[③]也。况阳春召我以烟景，大块[④]假我以文章。会桃李之芳园，序[⑤]天伦之乐事。群季[⑥]俊秀，皆为惠连[⑦]；吾人咏歌，独惭康乐[⑧]。幽赏未已，高谈转清。开琼筵以坐花，飞羽觞[⑨]而醉月。不有佳咏，何伸雅怀？如诗不成，罚依金谷酒数[⑩]。

【注释】

①逆旅：客舍。

②秉烛夜游：谓及时行乐。

③有以：有原因。

④大块：大自然。

⑤序：通“叙”，叙说。

⑥群季：诸弟。

⑦惠连：南朝宋文学家谢惠连，与其族兄谢灵运并称“大小谢”。

⑧康乐：南朝宋文学家谢灵运，谢玄之孙，袭封康乐公。

⑨羽觞：古代一种酒器，作鸟雀状，有头尾羽翼。

⑩金谷酒数：晋石崇宴客洛阳金谷涧中，赋诗不成者罚酒三觞。

品鉴

弟兄久别相聚，秉烛夜宴。流芳溢彩的桃李园中，观阳春烟景，赏自然华章，叙天伦之乐事。美景烘托乐情，乐情助长高论，高论激发豪兴，豪兴推动狂饮，于是乎“飞羽觞而醉月”，那是怎样的一种酣畅淋漓！“浮生若梦，为欢几何”，景美情浓，事乐气爽，一个普通晚宴，洋溢着如此诗情画意、浪漫气息，真是非李白莫属。明代大画家仇英把它转化为视觉形象，绘成图画，流传至今。

荔枝图序

白居易

⊙ 题解

此文选自《白氏长庆集》，作于元和十五年（820）夏。在唐代，荔枝被视为果中珍品，出产在广东、福建等省和长江三峡一带。荔枝味道甜美，不耐久藏。唐玄宗曾因杨贵妃爱吃荔枝，选用快马，日夜不停地从产地驰送到长安。当时北方人只听说过有这种珍奇水果，而不曾见到。白居易任忠州刺史时，命画工绘荔枝图，亲自为图写序，予以推介。

荔枝生巴峡[①]间，树形团团如帷盖[②]。叶如桂，冬青。华[③]如橘，春荣[④]。实如丹，夏熟。朵如蒲萄[⑤]，核如枇杷，壳如红缯[⑥]，膜如紫绡[⑦]，瓤肉莹白如冰雪，浆液甘酸如醴酪[⑧]。大略如彼，其实过之。若离本枝，一日而色变，二日而香变，三日而味变，四五日外，色香味尽去矣。

元和十五年夏，南宾守乐天，命工吏图而书之，盖为不识者与识而不及一二三日者云[⑨]。

【注释】

①巴峡：指巴郡三峡，即巴县以东江面的石洞峡、铜锣峡、明月峡，水程九十里。

②团团：圆圆的。帷盖：周围带有帷帐的伞盖。

③华：同“花”。

④荣：开花。

⑤蒲萄：即葡萄。

⑥缯(zēng)：古代对丝织品的统称。

⑦绡(xiāo)：生丝织成的绸子。

⑧醴(lǐ)酪：甜酒奶酪。

⑨“命工”二句：意谓绘图题字，是为了让没有见过荔枝和见过却未能在采下三天内见到的人们了解其形状、特质。

作者信息

白居易（772—846），字乐天，号香山居士，祖籍太原（今属山西），徙居下邽（今陕西渭南），生于新郑（今属河南）。唐代大诗人。贞元进士，历任翰林学士、江州司马、杭州刺史、苏州刺史、刑部尚书。力倡诗歌为现实民生服务，是唐代新乐府运动的倡导者。其诗浅显平易，广为流传。有《白氏长庆集》。

品鉴

作者凭借自己对荔枝习性及特色的细致观察，用了极其贴切的十种物体作喻，形象地展示了荔枝特有的风姿和风味。形如盖，叶如桂，花如橘，实如丹，朵如葡萄，核如枇杷，壳如红缯，膜如紫绡，瓤肉莹白如冰雪，浆液甘酸如醴酪。未见荔枝的人，只消借助平时对相关喻体的印象，稍作联想，就可以见其形、闻其香、得其味，由知之爱之，直至产生急欲求之的冲动。虽为序文，实则咏物小品，为以后的说明文写作做出了简明生动的表率。

阿房宫赋

杜 牧

题 解

《阿房宫赋》写于唐敬宗宝历元年（825），当时朝廷大兴土木，修建宫室。杜牧借古讽今，以此劝谏当时的最高统治者。

六王毕[①]，四海一[②]。蜀山兀[③]，阿房[④]出。覆压[⑤]三百余里，隔离天日。骊山[⑥]北构而西折，直走咸阳[⑦]。二川溶溶[⑧]，流入宫墙。五步一楼，十步一阁；廊腰缦回[⑨]，檐牙高啄[⑩]；各抱地势，钩心斗角。盘盘焉，囷囷[⑪]焉，蜂房水涡[⑫]，矗不知其几千万落。长桥卧波，未云何龙[⑬]？复道[⑭]行空，不霁[⑮]何虹？高低冥迷[⑯]，不知西东。歌台暖响，春光融融；舞殿冷袖，风雨凄凄。一日之内，一宫之间，而气候不齐。

妃嫔媵嫱[⑰]，王子皇孙，辞楼下殿，辇[⑱]来于秦。朝歌夜弦，为秦宫人。明星荧荧，开妆镜也；绿云扰扰，梳晓鬟也；渭流涨腻，弃脂水也；烟斜雾横，焚椒兰也；雷霆乍惊，宫车过也；辘辘[⑲]远听，杳不知其所之也。一肌一容，尽态极妍，缦立[⑳]远视，而望幸[㉑]焉。有不得见者，三十六年。燕赵之收藏，韩魏之经营，齐楚之精英，几世几年，剽掠其人，倚叠[㉒]如山；一旦不能有，输来其间，鼎铛玉石，金块珠砾，弃掷逦迤[23]，秦人视之，亦不甚惜。

嗟乎！一人之心，千万人之心也。秦爱纷奢，人亦念其家。奈何取之尽锱铢[24]，用之如泥沙！使负栋之柱，多于南亩之农夫；架梁之椽，多于机上之工女；钉头磷磷，多于在庾[25]之粟粒；瓦缝参差，多于周身之帛缕；直栏横槛，多于九土之城郭；管弦呕哑，多于市人之言语。使天下之人，不敢言而敢怒。独夫[26]之心，日益骄固。戍卒叫[27]，函谷举[28]，楚人一炬[29]，可怜焦土！

呜呼！灭六国者六国也，非秦也。族[30]秦者秦也，非天下也。嗟夫！使六国各爱其人，则足以拒秦；使秦复爱六国之人，则递三世可至万世而为君，谁得而族灭也？秦人不暇自哀，而后人哀之；后人哀之而不鉴之，亦使后人而复哀后人也。

【注释】

①六王：指战国末期齐、楚、燕、赵、韩、魏六国的国君。毕：完结。

②四海一：指全国统一。

③兀（wù）：形容山秃，指山上木材都被采伐尽了。

④阿房：即阿房宫，故址在今陕西西安西南的阿房村。

⑤覆压：覆盖。

⑥骊山：山名，在今陕西临潼东南。

⑦咸阳：秦都，故址在今陕西咸阳东北。

⑧二川：渭水、樊水。溶溶：河水宽广而流动的样子。

⑨廊腰缦回：走廊曲折，像丝带回环。

⑩檐牙高啄：屋檐耸翘，像鸟嘴啄向高空。

⑪囷（qūn）囷：曲折回旋的样子。

⑫蜂房水涡：比喻房屋密集。

⑬未云何龙：没有云，哪来的龙？《周易》：“云从龙，风从虎。”

⑭复道：在空中架木筑成的阁道，连通宫中楼阁，上下都有通道。

⑮霁：雨过天晴。

⑯冥迷：分辨不清。

⑰妃嫔媵（yìng）嫱（qiáng）：均为帝王的妾侍。各有等级，妃次于后，比嫔、嫱高。嫔、嫱为宫中女官，媵为陪嫁女子。这里指六国的宫妃。

⑱辇（niǎn）：帝王和皇后所乘用人拉的车。这里指乘车。

⑲辘（lù）辘：车声。

⑳缦（màn）立：延伫，久立。

㉑望幸：盼望帝王来临。

㉒倚叠：积累。

㉓逦（lǐ）迤（yǐ）：连续不断的样子。

㉔锱（zī）铢：古代重量单位，六铢为一锱，四锱为一两。这里指极微小的数量。

㉕庾（yǔ）：谷仓。

㉖独夫：众叛亲离的统治者。这里指秦始皇。

㉗戍卒叫：指陈胜、吴广起义。戍卒，戍守边疆的兵士。

㉘函谷举：函谷关被攻下。公元前 206 年，刘邦从武关攻入咸阳，又派兵守函谷关。秦时函谷关在今河南灵宝。

㉙楚人一炬：指公元前 206 年，项羽入咸阳，焚烧秦国宫殿，大火连烧三月。项羽为楚将项燕之后，故称为楚人。

㉚族：灭族。

品 鉴

杜牧的《阿房宫赋》是一篇行文优美的散文赋，它骈散相间，错落有致，铺陈渲染，独具匠心。全文融叙事、抒情、议论于一体，在不长的篇幅中，将宫殿建筑之恢宏壮观、后宫之充盈娇美、宝藏之珍贵丰奢，表现得层次分明、具体形象，由此得出秦始皇之所以统治不能久远，即在于暴民取材、不施仁爱的结论，为当时的最高统治者提供了深刻的教训和警示。

读《司马法》

皮日休

◉ 题解

《司马法》全称《司马穰苴兵法》。司马穰苴是春秋时齐国大夫，姓田，名穰苴，为司马。他精通兵法，善于用兵打仗，《司马法》系其所著专讲战略战术的军事著作，影响深远。

古之取天下也以民心，今之取天下也以民命。

唐、虞[①]尚仁，天下之民，从而帝之。不曰取天下以民心者乎？汉、魏尚权[②]，驱赤子[③]于利刃之下，争寸土于百战之内。由士为诸侯，由诸侯为天子，非兵不能威，非战不能服。不曰取天下以民命者乎？

由是编之为术[④]。术愈精而杀人愈多，法益切而害物益甚。呜呼，其亦不仁矣！

蚩蚩[⑤]之类，不敢惜死者，上惧乎刑，次贪乎赏。民之于君，由[⑥]子也。何异乎父欲杀其子，先给[⑦]以威，后啖[⑧]以利哉？

孟子曰："'我善为阵，我善为战'，大罪也[⑨]！"使后之君于民有是者[⑩]，虽不得土，吾以为犹土焉[⑪]。

【注释】

①唐：唐尧，即陶唐氏，传说中的古帝名。虞：虞舜，即有虞氏，传说中的古帝名。相传尧、舜实行“禅让”，不传子孙，是古代著名圣君。

②尚权：崇尚权力，注重权术。

③赤子：婴儿，比喻人民。

④由是编之为术：谓用兵作战有了经验，就把它编成兵法。

⑤蚩蚩（chī）：忠实貌。

⑥由：同“犹”，好像。一本作“犹”。

⑦绐（dài）：哄骗。

⑧啖（dàn）：食，引申为引诱。

⑨“我善”三句：出于《孟子·尽心下》。

⑩有是者：有这样的用心，指上面孟子所说的话。

⑪土：土地，指天下。意谓即使他没有获得天下，我认为和获得天下一样。

作者信息

皮日休（约838—约883），字逸少，后改袭美，襄阳（今属湖北）人。早年住鹿门山，自号鹿门子。唐懿宗咸通进士，历官著作郎、太常博士、毗陵副使。后参加黄巢起义军，任翰林学士。诗文与陆龟蒙齐名，人称“皮陆”。皮日休早年的诗歌深受杜甫、白居易的影响，继承了杜、白二人的现实主义优良传统，反映了当时黑暗的社会现实。有《皮子文薮》。

品 鉴

本文开门见山，正反对举中引出中心点：古取天下以民心，今取天下以民命。接着两面援例，有力证明。然后引入所读兵法，剖析法术愈精而害人愈多。最后引孟子之言总结深化：“善为阵，善为战，大罪也。”得民心，才是最大的得。作者显然是从民本思想出发，主张君主尚仁，重民心，轻权力，弃征战，用现在的话说，即以人为本，维护和平。

结合作者生活的晚唐社会现实，藩镇割据、战祸连绵、民不聊生，这篇文章以古喻今，具有很强的批判性。

十三

唐五代词

TANG—WUDAI CI

唐五代是词的幼年与少年期，词在这时兴起，与当时经济发达、城市兴盛有密切关系。生活富足的都市人要求有新的娱乐方式，可以入乐歌唱的词适应了这种需要。这时，五言诗、七言诗成熟，音乐比前代有了新的改观。古代音乐在唐以前分为三个阶段：先秦至汉代为帝王歌功颂德的雅乐、汉魏六朝时民间的清乐、北朝萌发而隋唐新兴的宴乐（燕乐）。词的发生，就是诗歌与燕乐在新的时代以新的方式再度结合的结果。作词，有时是“以诗配乐”，先作诗，后配乐，依曲调的长短将整齐的五言句、七言句增减字数而成长短句；更多时是“由乐定词”，即先有曲调，再按调谱填词，其长短有固定格律。词以严格的声律规则与长短不一的句式为两大标志。

菩萨蛮

李　白

◎ 题解

这首词相传为李白所作。宋僧文莹《湘山野录》卷上说："此词不知何人写在鼎州沧水驿楼，复不知何人所撰。魏道辅泰见而爱之。后至长沙，得古集于子宣（曾布）内翰家，乃知李白所作。"不少论者认为此词是眺远怀人的"闺情"之作，但历来解说此词的，更多人认为它是羁旅行役者的思归之辞。

平林漠漠①烟如织，寒山一带伤心碧②。暝色③入高楼，有人楼上愁。

玉阶空伫立④，宿鸟归飞急。何处是归程？长亭更短亭⑤。

【注释】

①漠漠：平远迷蒙貌。

②伤心碧：极言寒山绿得厉害。

③暝色：暮色。

④玉阶：玉砌的台阶。伫立：长久地站着。

⑤长亭更短亭：古代设在路边供行人休息的亭舍，有所谓"十里一长亭，五里一短亭"之说。

品鉴

这首词运用朦胧交错的描写手法造成词境时空的惝恍迷离，在短短的一首词中，描绘了密集的景物：平林、烟霭、寒山、暝色、高楼、宿鸟、长亭、短亭，借此移情、寓情、传情，展现了丰富而复杂的内心世界活动，反映了词人在客观现实中找不到人生归宿的无限落寞惆怅的愁绪。《菩萨蛮·平林漠漠烟如织》与《忆秦娥·箫声咽》一起被誉为“百代词曲之祖”。

忆秦娥

李 白

◉ 题解

《忆秦娥》又名《秦楼月》，其最早出处就是这首词，因词中有“秦娥梦断秦楼月”句，故名。此词本意当与调名有关，写秦娥即长安女子的秋思。

箫声咽①，秦娥②梦断秦楼月。秦楼月，年年柳色，灞陵③伤别。

乐游原上清秋节④，咸阳古道音尘绝⑤。音尘绝，西风残照，汉家陵阙⑥。

【注释】

①咽：呜咽，形容箫管吹出的曲调低沉而悲凉，呜呜咽咽如泣如诉。

②秦娥：本指古代秦国的女子弄玉。《列仙传》载，萧史善吹箫，秦穆公将女儿弄玉嫁给他，他天天教弄玉吹箫作凤鸣声。一天夫妇同随凤凰飞升成仙。这里泛指秦地的思妇。

③灞陵：汉文帝陵，在今陕西西安东，附近有灞桥，是东出长安的必经之地，汉代有在此折柳送别的风俗，一直延续到唐代。

④清秋节：指农历九月九日重阳节。

⑤音尘绝：音信断绝。

⑥陵阙：陵墓宫阙。

品 鉴

此词上片伤别，下片伤逝，伤今怀古，托兴深远。上片以月下箫声凄咽引起，已见当年繁华梦断，不堪回首。下片先摹写当年极盛之时与地，再转写悲境。“西风”八字，只写境界，兴衰之感都寓其中。王国维评价此词：“太白纯以气象胜。‘西风残照，汉家陵阙’，寥寥八字，遂关千古登临之口。”

更漏子

温庭筠

◎ 题解

古代用铜壶滴漏计时，夜间凭漏刻传更，故名“更漏”。温庭筠共写过六首内容相仿的《更漏子》，此为第六首，借“更漏”夜景咏女子闺怨。

玉炉香，红蜡泪，偏照画堂秋思[1]。眉翠薄[2]，鬓云残[3]，夜长衾[4]枕寒。

梧桐树，三更雨，不道[5]离情正苦。一叶叶，一声声，空阶滴到明[6]。

【注释】

①画堂：装饰华美的厅堂。秋思：秋思之人。

②眉翠薄：眉上所画黛色已经变淡了。

③鬓云残：指鬓发散乱。

④衾（qīn）：被子。

⑤不道：不理会。

⑥“空阶”句：意谓夜长不寐，卧听雨声。

作者信息

温庭筠（? —866），本名岐，字飞卿，太原祁县（今属山西）人。唐代诗人、词人。才情敏捷，然恃才傲物，放浪不羁，又好讥讽权贵，多犯忌讳，故屡举进士不第。其诗辞藻华丽，与李商隐齐名，并称“温李”。其词多写闺情，风格浓艳，为“花间派”首要词人，被尊为“花间派”之鼻祖，与韦庄齐名，并称“温韦”，对后世词的发展产生深远影响。后人辑有《温庭筠诗集》《金荃词》。

品鉴

此词写深夜情景，咏女子闺怨。上片写女主人公被离情所困扰，因思念意中人而辗转反侧，彻夜不眠。下片写夜雨梧桐，秋风萧瑟，更加映衬了女主人公的秋思之苦。上片辞采密丽，下片疏淡流畅，一密一疏，一浓一淡，情感变化发展自然，将女主人公的伤离苦别之情写得极其委婉缠绵。

梦江南

温庭筠

梳洗罢，独倚望江楼。过尽千帆皆不是，斜晖脉脉[1]水悠悠，肠断白蘋洲[2]。

【注释】

①脉脉：含情相视貌。

②肠断：形容极度悲伤愁苦。白蘋：白色蘋花。洲：水中小岛。

品　鉴

这是一首写闺怨的小令，以空灵疏荡之笔塑造了一个望夫盼归、凝愁含恨的思妇形象。“望”字总领全篇，望前梳洗，望时独倚，望后断肠；女主人公由希望到失望，以致最后的“断肠”，情真意切，感人至深。

菩萨蛮

韦庄

人人尽说江南好，游人只合[①]江南老。春水碧于天，画船听雨眠。　　垆[②]边人似月，皓腕凝霜雪[③]。未老莫还乡，还乡须断肠[④]。

【注释】

①合：应。

②垆：古代卖酒人家垒土而成的四方高、中间低的放酒瓮的台子。

③“皓腕”句：形容双臂洁白如雪。

④“未老”二句：年尚未老，且在江南行乐。如还乡离开江南，当使人悲痛不已。

作者信息

韦庄（约836—910），字端己，京兆杜陵（今陕西西安）人。五代前蜀诗人、词人。早年屡试不第，乾宁元年（894）年近六十才进士及第，任校书郎。天复元年（901），入蜀为王建掌书记，自此终身仕蜀，历左散骑常侍，判中书门下事，官终吏部侍郎兼平章事。其词善用白描手法，词风清丽。与温庭筠同为“花间派”代表作家，并称“温韦”。有《浣花集》。

品 鉴

全词纯用白描手法，以清新明丽的笔调，描写了江南水乡“春水碧于天”的风景之美、“画船听雨眠”的生活之美和江南女子的美丽容貌，既表现了词人对江南水乡的依恋之情，也抒发了其漂泊难归的愁苦之感，婉转含蓄，饶有韵致。

相见欢（二首）

李　煜

◉ 题　解

宋太祖开宝八年（975），宋朝灭南唐，李煜亡家败国，肉袒出降，被囚禁待罪于汴京。宋太祖赵匡胤因李煜曾守城相拒，封其为“违命侯”。李煜忍屈负辱地过起了囚徒生活。李煜的词以被俘为界，分为前后两期，后期词作多倾诉失国之痛和去国之思，沉郁哀婉，感人至深。这两首《相见欢》便是后期词作中很有代表性的两篇。

其一

林花谢了春红①，太匆匆。无奈朝来寒雨晚来风。　胭脂泪②，留人醉③，几时重④？自是人生长恨水长东。

【注释】

①谢：凋谢。春红：春天的花朵。

②胭脂泪：美人所流之泪，这里指花。

③留人醉：令人陶醉。一作“相留醉”。

④重：重逢。

品　鉴

其一是即景抒情的典范之作，它将人生失意的无限怅恨寄寓在对暮春残景的描绘中，表面上是伤春咏别，实质上是抒写“人生长恨水长东”的深切悲慨。这种悲慨不仅是抒写一己的失意情怀，而且涵盖了整个人类所共有的生命的缺憾，是一种融汇和浓缩了无数痛苦的人生体验的浩叹。

其二

无言独上西楼，月如钩，寂寞梧桐深院锁清秋[①]。　剪不断，理还乱，是离愁，别是一番滋味在心头。

【注释】

①锁清秋：词人居于深院，寂寞悲愁，只有与清秋相对。

品　鉴

词的上片写景抒情，将秋之萧瑟与心之孤愁融为一体，凄清的月色中弥漫着悲凉的气氛。下片写愁，用“剪不断，理还乱”的千丝万缕，形容愁思之纷繁和难以解开，将抽象的情感写得十分形象，把一个亡国之君的愁闷与痛苦之情描摹得淋漓尽致。

作者信息

李煜（937—978），五代时南唐国主。字重光，初名从嘉，号钟隐，世称李后主。宋兵破金陵，出降，后被毒死。能诗文、音乐、书画，尤以词著名。其词前期多写宫廷生活，风格绮靡；后期因遭亡国之痛，多写故国之思，题材广阔，含意深沉。后人辑其词与其父李璟词合刻为《南唐二主词》。

浪淘沙（二首）

李煜

◎题解

其一是词人去世前不久所作。胡仔《苕溪渔隐丛话》前集卷二十九《西清诗话》："南唐李后主归朝后，每怀江国，且念嫔妾散落，郁郁不自聊，尝作长短句云'帘外雨潺潺……'，含思凄惋，未几下世。"

其一

帘外雨潺潺①，春意阑珊②，罗衾③不耐五更寒。梦里不知身是客，一晌④贪欢。

独自莫凭栏，无限江山，别时容易见时难。流水落花春去也，天上人间！

【注释】

①潺（chán）潺：雨水声。

②阑珊：衰残。

③罗衾（qīn）：丝绸被子。

④一晌（shǎng）：一会儿。

品鉴

此词写身世之感，故国之思，亡国之恨。上片采用倒叙手法，先写梦醒再写梦中，片刻欢乐的梦境与被囚禁的痛苦现实形成强烈反差。下片纯用白描手法，抒发了词人满腔的悲怆和对亡国故土的绵绵之思。词末以流水、落花、春去三个流逝不复返的意象，进一步表现出词人内心的痛楚与绝望。全词情真意切，哀婉动人，生动地刻画了一个亡国之君的艺术形象，具有震撼人心的艺术魅力。

其二

往事只堪哀，对景难排。秋风庭院藓侵阶①。一任②珠帘闲不卷，终日谁来？

金锁③已沉埋，壮气蒿莱④。晚凉天净月华开。想得玉楼瑶殿影，空照秦淮⑤。

【注释】

①藓侵阶：苔藓上阶，表明很少有人来。

②一任：任凭。

③金锁：即铁链。三国时吴军为阻晋兵南下，曾于长江要害处以铁链横截，后被王濬用火攻烧断，链沉江底。

④蒿莱：指野草、杂草。这里用作动词，意为淹没野草之中，以此象征消沉、衰落。

⑤秦淮：即秦淮河，流贯南唐都城金陵（今南京）。

品 鉴

词的上片就眼前景物而写孤苦的凄凉心境，起句“往事只堪哀”，将全篇基调定出，并凝结到一个“哀”字上。下片转折而起，以“金锁已沉埋，壮气蒿莱”悲悼国家破灭、身陷为虏的遭遇。整首词情景交融，虚实结合，昔日繁华与今朝萧索两相对照，道出了词人心中无尽的悔恨与酸楚。

虞美人

李　煜

◎ 题解

这首《虞美人》是李煜的绝命之词，当作于北宋太宗太平兴国三年（978）。当时李煜幽囚汴京已近三年。相传李煜于七夕之夜，在寓所命故妓作乐唱此词，宋太宗闻之大怒，赐毒李煜。

春花秋月何时了①，往事知多少？小楼昨夜又东风，故国不堪回首月明中。

雕栏玉砌②应犹在，只是朱颜改③。问君能有几多愁？恰似一江春水向东流。

【注释】

①了：完结。

②雕栏玉砌（qì）：指南唐故国的宫苑。

③朱颜改：指所怀念的人已衰老，暗指亡国。

品 鉴

词人将美景与悲情、往昔与如今、景物与人事的对比融为一体，通过对自己昔日春花秋月而今囚困异乡、故国雕栏玉砌犹在而今物是人非的感触，表达了对故国家园的深深怀恋与悲愤愁苦之情。“问君能有几多愁？恰似一江春水向东流”，用满江的春水来比喻满腹的愁恨，极为生动形象，不仅显示了愁恨的悠长深远，而且显示了愁恨的汹涌翻腾，充分体现出奔腾中的感情所具有的力度和深度，成为千古名句。